北 岳 诗 库

孔令剑
— 主编 —

一个人的爱情

LIANG SHENGZHI
WORKS

梁生智 —————————— 著

山西出版传媒集团 北岳文艺出版社
BEIYUE LITERATURE & ART PUBLISHING HOUSE

· 太原 ·

图书在版编目（CIP）数据

一个人的爱情 / 梁生智著 . 一太原：北岳文艺出
版社，2018.6

（北岳诗库 / 孔令剑主编）

ISBN 978-7-5378-5611-9

Ⅰ . ①一… Ⅱ . ①梁… Ⅲ . ①诗集－中国－当代
Ⅳ . ① I227

中国版本图书馆 CIP 数据核字（2018）第 105065 号

书　　名：一个人的爱情
著　　者：梁生智
策　　划：续小强
责任编辑：李建华
书籍设计：张永文
印装监制：巩　璠

————

出版发行：山西出版传媒集团·北岳文艺出版社
地　　址：山西省太原市并州南路 57 号
邮　　编：030012
电　　话：0351-5628696（发行部）
　　　　　0351-5628688（总编室）
传　　真：0351-5628680
网　　址：http://www.bywy.com
E - mail：bywycbs @ 163.com
经 销 商：新华书店
印刷装订：山西万佳印业有限公司

————

开　　本：890mm×1240mm　　1/32
字　　数：131 千字
印　　张：6.25
版　　次：2018 年 6 月第 1 版
印　　次：2021 年 1 月山西第 2 次印刷
书　　号：ISBN 978-7-5378-5611-9
定　　价：38.00 元

策划人语

　　"诗歌出版"是北岳文艺出版社的重要传统。前有"黑皮诗丛",后有"天星诗库",皆为中国当代诗歌杰出诗人之重要出发地。更有"外国名诗珍藏",如今依然为广大诗歌爱好者所珍赏。

　　"北岳诗库"赓续如此光荣传统,其目光聚焦山西诗歌这一繁盛沃土,其旨在于不间断展示山西诗歌创作实绩,更瞩望为山西诗人造一清静小园。

　　"北岳诗库",是我们探求共建共享出版模式的开端。大风吹宇宙,红日照高山。祈愿"北岳诗库",如恒山一般,巍然耸立。

续小强

2018 年 2 月 2 日

倾诉的魅力

◎雷　霆

　　我和生智是忻州师专的同班同学。记得上学的时候，我们就学习写诗。一起办过板报，生智能写会画，是我们中文系的才子。毕业后，他留在忻州，在一所高中任教。后因文学创作这一特长，没几年就被调进地区文联，担任文联主办刊物《五台山》的编辑，发现和扶持了一批当地的文学特别是诗歌爱好者。再后来，他只身北漂，在北京一干就是十几年。其间偶尔联系，只是不大谈论诗歌。人到中年的他突然有一天又回到忻州，继续在原单位工作。两个人在一个地区工作，又有共同的爱好，联系自然就多起来。其实，我更多的是关注他的诗歌写作。我知道，诗歌于我们是不会轻易放弃的。前些日子，微信聊天，知他要出版一本诗集，书名叫《一个人的爱情》，并想让我写个序。作为老同学，这是他对我的信任；于我而言，又是集中阅读他作品的一次难得的机会。

　　说实话，乍看书名，我有点为难。因为我尽管写诗三十多年，可爱情诗却写得很少，我知道这类诗不好侍弄，写出大境界不容易。但答应的事，不能不算数，只能尽力为之。

1

粗略浏览生智的作品后，我发现在他的笔下，爱情诗是如此瑰丽又如此细腻，他关注的每一缕情愫都那么生动准确，不经意间让你沉浸其中。读到后来，发现诗人写爱情，已远远超越了爱情，而且通过他细腻而节奏明亮的表述，呈现着人类共同的情感，特别是他用倾诉的方式娓娓道来的诗意，让我惊讶让我感动。如此美好的诗篇是怎样写出来的？

　　我想到中年，这个特定的年轮。万物在他眼里皆趋于平静，曾经的绚烂、喧嚣，遇见的，甚至告别的都隐于苍茫的记忆。或许是美好的，或许是伤感的，都不再那么泾渭分明，有棱有角，仿佛自然的力量在平衡着这一切，让你想透许多事情。心灵的窗户四面来风，四面都是人生不可多得的风景。总是在静静的夜晚，一个人望着浩渺的星空，听身边的水声、虫鸣，想说出什么，又觉得多余。而心中累积的那份情感，又像丝丝凉风吹过脸颊，掠过心尖。"没有谁能扼住时间的脚步／那些逝去的和就要逝去的日子／让我懂得生命只是一个过程／我们唯一能做的事情叫作珍惜"（《你不需要说出什么》）。"伸出手我就能握紧自己的心事／但又怕痛苦也从此失去／穿过风穿过一座巨大的城市／还是让我在遥远处想你"（《明天的太阳是生命的旗帜》）。诗集中类似这样的诗句很多，诗人没有居高临下，没有高高在上，而是和你面对面促膝而谈，仿佛打开一条封存已久的河流，倾诉着人生的体验和感悟。我把这种表达或陈述归于情感不动声色的力量，也是诗歌独有的魅力所在。《她只为你绝尘而去》《让我站在夜的深处等待》《随风而起的时光已有多少逝去》等等这样的诗篇，似有淡淡的忧伤，更有顿悟之后敞亮的人生态度，那种忧郁的美恰恰是情感的力量催生的花朵。说到底，诗歌仍然是言志达情的产物，面对当下充斥诗坛的大量大而无当、空无一物的诗歌，我更加相信，诗歌所需要的情感应当是来自诗人生命体悟之后拥有的那份独特而温暖的情感。这是一份有根的情感，一份有分量的呈现。

然而仅仅于此还不够，诗歌必须越过人类普遍的情感，提炼出审美意义上的体验和感悟，从此到彼的提升和置换才能真正完成一首诗。生智深谙此中奥义，才使他的爱情诗有了区别度。比如诗人写道，"你的微笑比阳光清澈／让春天的寒冷远去／我等待正在开花的树／从此这个季节不会寂寞"（《鸟的快乐就是天空》）；"这一天就叫大雪／离春天很近的一天／这个冬天唯一的雪花／注定落在我唯一的心灵"（《我就那样凝视着天空》）。这些诗篇语言简练，没有阅读障碍，却表现力极强。一方面表达一种心境，另一方面又在提醒或者有所指向。这也是诗意被有效阐释之后，在更高的层面上的自然抵达。

有人说，诗歌就是一个人心中的秘密，揭开这一秘密需要与敏感心灵相匹配的语言方式和情感分寸。具体到一首诗里，主要依靠画面的还原和声音的传导，只有这样，来自于生命中的点滴感悟才有可能成为诗歌需要的材料。特别是当下的网络时代的诗歌写作，绝大多数的诗人都回到自己的内心去挖掘精神的矿藏，向下扎根和向内掘进有机融合，又相辅相成。只有这样的努力，才能够更加自觉地实现诗歌应有的特质和斑斓的色彩。生智的诗歌从一开始就坚守在生活的低处，他每一首诗的切入点并不高深莫测，也没有刻意地张扬其语言的天赋，而是把平凡生活中的所思所想，经由奇妙的诗意处理，串成质朴的项链，去完成人生的见证和倾诉。

比如，《倾听你的声音是今生注定的欢乐》中，"我无法歌唱自己的贫穷如洗／只有这颗心还经得起风雨／每当听到你远处颤动的呼吸／它就会变成一面鼓鸣响不息"；还有《在你瓷片一样的笑容里》，"就这样我独自抱紧自己的相思／感受午夜从冬到春的流逝／哪怕幸福是一粒无法出土的种子／我依旧会苦守在早晨的阳光里"。这些诗句中，我们不难发现，绝望而又美好的爱情，如瓷片一样冰冷而闪光，字里行间洋溢的隐忍、无奈、克制、纠结，灰烬里尚未熄灭的火苗，期待远方的春天如约而来……"有什么会比生命更加脆弱／伸出手你是否能握紧自己的幸福／或者　你只是守住自己的影子／如同秋天用果实的凋落宣告成熟／／彻夜不眠，我告诉自己这就是快乐／我要等待阳光的再次降临／等你回头　对你说／一切都在你掌握"。

好的诗歌往往具备让人瞬间安静下来的力量，有让人在文字里还乡的能力。生智的诗歌无疑拥有了这些品质。一方面诗歌的沉潜之美、寂寞之美，徐缓的或者急速的语言推进，在打动着读者的审美；另一方面，他的诗歌给读者预留了足够的阅读空间，有效地带动读者的参与，共同完成诗意的欣赏，感受诗歌的美妙和魅力。

总之，情感的力量，审美的层次，独特的个性，三足鼎立，构成了生智诗歌基本面貌。拉杂写了读后的感想，也深知有许多地方词不达意，力不从心。好在同学之间，就是个无话不谈。祝福生智！谢谢在这个渐冷的秋天，如此美好的诗篇带给我的温暖。

2017 年 9 月 19 日于官道梁

爱的极致

◎梁生智

　　一个人一定要热爱，不是学着爱，而是让骨子里、血液里潜伏着的爱迸发出来！

　　人的一生其实可以归纳为两个字：生、死。每个人一出生，唯一的归宿就是死亡。这是没有任何区别的，区别在于从生到死的过程。在这个过程中，每个人经历了什么，做了什么。在从生到死的这个过程中，人的生命也可以归纳为若干组不同的两个字：哭笑，爱恨，情性，灵肉，男女……

　　人的一生在爱与被爱之中，但是，不是简单的"爱情"。

　　我经常和一些朋友讲，爱情就像火柴，划的时候有光亮，有温暖，但是时间一长就会熄灭，或者烧手。要想让光亮和温暖长一点，必须去点燃什么！

　　爱情是爱的一种极致！

　　有不少朋友也经常问我一个问题，爱情不是两个人的吗？为什么说是"一个人的爱情"。我回答，没有错，爱情是两人来实现，但是，爱情的标准其实都只是在自己的内心，永远是一个人的事。

　　何况，这一本集子中的诗其实并不仅仅是写爱情的。在我的诗里，"爱情"其实只是一个载体！因为，"爱情"总是会让人欲罢不能！也因此，爱情需要倾诉，被"倾诉"的爱情被更多人感知、感动，成了文学最重要的主题和内容。

数千年，各种形式的文学作品中的"爱情"美丽灿烂，传承不断。多数的人是文学的观赏者，他们在文学作品中汲取养料：思考、成长；他们在文学作品中体味人生：或悲、或喜；他们在文学作品中传达思考：爱恨情仇；他们在文学作品中体现价值：家国情怀。

另一些人，并不满足于对文学的观赏，而是从观赏变成创造，文学于他们来说，成为他们生命中深入骨髓的爱，成为他们生命中的精神血液！他们又把这种"迷醉"传播给周围的人群。他们的作品既给生活增添了绚烂美丽的色彩，又给人们提供了精神上的享受。

在所有文学样式里，诗歌应该说也是一种极致！因为她舍弃了所有叙述的过程和评述，总是直接到达本质。这种叙述的方式，让许多人在并不很清晰的状态下陷入迷醉。那些文字不需要多，但是，却有一种蚀骨蚀魂的力量。

对于诗歌的爱正是这样，是在不知不觉中被这种爱点燃的。我出生于1962年，正是物质和精神都极度匮乏的时代。小的时候，除了无法满足生理上的"饱"的需要，精神也从来没有饱过。想一想现在，书籍遍地，却需要政府组织"读书月"来促进读书，那时候，是没有什么书可看的。如果有一本书，一定是没头没尾，在全村爱读书的人手里传来传去。"手抄本"就像密码本一样珍贵！但是，不管如何，书总还是能看到，也就是在这个过程中，看到了唐诗、宋词，再后来，才看到了近现代诗人写的作品。

好在，我没有像我的哥哥和姐姐一样，没有机会考大学。1984年，我考入了忻州师专汉语言文学专业，开始系统地学习，也就是从那个时候起，开始尝试诗歌创作。不是因为觉得诗歌只有几行就简单，而是因为热爱。记得在学校时，我和雷霆等同学二十多人形成一个小的圈子，写完诗相互传阅、相互探讨。当时，我们已经不仅仅接触和学习"朦胧诗"，一些风格与"朦胧诗"不一样的，后来成为中国诗坛实力派诗人的作品也学习。周所同老师那时候已经在全国有了影响，自然是忻州诗界的旗帜，我的诗也开始受到周老师的关注和指点。所以，在校期间，已经有作品开始正式发表。1984年，毕业分配在忻州一中后，很快就成为"遗山诗社"的最早参与者。

1989年，周所同老师上调《诗刊》杂志社，蒙周老师和当时任主编的李文田老师看重，我被调到《五台山》杂志社接任周老师的工作，负责诗歌、小说的编辑。在这期间，不仅自己要创作，更要大量阅读诗歌爱好者的来稿而且还要选出优秀的作品，还要给来稿的作者提出修改意见，所以，对自己的创作也是一个重新审视和认知的过程，逼着自己不仅仅是从形式，更要从内涵，从诗歌语言的叙述本质，从诗歌艺术的审美特点等方面更加靠近诗歌的本质。这个过程就像"修行"，有着脱骨般的修正。

我一直坚持不以"炫"为特点，也从不去营造深刻。我以为，诗歌并不是诗人创造的，而是本身就存在，只是要看谁更靠近她，靠得越近越接近诗人！

朴素形成的万物才是自然本身，也应该是诗歌本身。所以，我一直用接近平实的语言写诗，我喜欢用这些平实的语言将看上去毫不关联的事物联系在一起。而这必须逼着自己去找到它们之间不可分隔的那一个点，就像我们与自然间的每一物的关系一样。

这需要热爱，如同"爱情"一样的热爱！这种热爱应该具有"传染力"，要能够让人真正动心、动情、动性！

对诗歌的爱是一种品质，是精神贵族的奢侈！成为诗歌作品的创作者，就不再只是享受，而是创造享受，传播享受，创造精神，传播精神。只要人类的精神不变成废墟，爱就必将繁花似锦！

以此向所有能读到我的诗歌的朋友致敬！

2017 年 9 月 25 日

目 录

你不需要说出什么

当黄昏的黑暗降临时　我
用等待倾听自己孤独的声音
它们知道我会记住这个冬天
记住我怎样走进另一双眼睛

其实　我的心早已受伤
在与你每一次的对话中
我只能将渴望深深隐藏
然后在思念中让痛苦慢慢滋长

没有谁能扼住时间的脚步
那些逝去的和就要逝去的日子
让我懂得生命只是一个过程
我们唯一能做的事情叫作珍惜

那么　你不需要说出什么
让我在冬天的阳光中歌唱
这是我仅有的礼物
质朴。却像果实一样真挚

明天的太阳是生命的旗帜

我终于懂得夸父为什么追逐太阳
宁肯在烈焰中将自己焚烧
日出日落是一把无情的刀
斩断了多少没有说出的话语

一棵树与另一棵树的美丽是因为
距离　一颗心与另一颗心的跳动
会不会同样美丽　或者
只是生命中注定要流的眼泪

伸出手我就能握紧自己的心事
但又怕痛苦也从此失去
穿过风穿过一座巨大的城市
还是让我在遥远处想你

明天的太阳是生命的旗帜
等春的花开过秋的果落去
我们坐在苍老的回忆里
是否能说出今生无悔

她只为你绝尘而去

冬天已离我们远去　风中
有人将要吹起柳笛
我的风筝是天空的一片绿叶
她只为你绝尘而去

告诉我谁还为你站在风里
谁还为你把歌儿唱起
在你独自伤心的时候
是不是有人知道你为何流泪

春天是生长故事的季节
我流浪的心渴望一片土地
当它在疲累中拥抱温暖时
你会看到我埋在心底的秘密

秘密是比春天更加醉人的阳光
相对无言的默契或滔滔不绝的相知
点燃我们生命中有限的风雨
在你的目光里我不再有什么畏惧

没有人能独自穿越生命

当清晨的阳光抵达时　你
是否听懂鸟的歌唱
它们述说飞翔的快乐与天空的
巨大　自由是它们的翅膀

这是个拥挤不堪的世界
空气日渐污浊
你用纯情的心如何寻找幸福
你知道　没有谁看见你疲倦的灵魂

没有人能够独自穿越生命
相守相依是一生的风景
告诉我　握着你的手的人
怎样和你面对春雨秋霜

在你之外。在我之外
多少人渴望鸟的生活
如果有一天你的心重新长出枝叶
我将停留在那里等待飞翔

让我站在夜的深处等待

突然间　阳光变得短暂
使我无法深入你醉人的双眼
在这个日渐粗粝的世界上　我知道
你同样容易受到伤害

那么。今后的每一个早晨和黄昏
我会在风中在雨中祈祷
让你孤独的双脚走向花一样的
幸福和火一样的颤栗

就让我在夜的深处等待
那些被时间切割的岁月不再重要
在秋天的冷意慢慢逼近的月光下
你是否渴望有人不停地为你歌唱

其实。我只是浑身疲累的流浪者
一棵草就会让我懂得珍惜
在你玫瑰一样的笑容里
我已有足够的勇气穿越漫长的冬季

没有人能拒绝歌唱

面对天空　我只能沉默
没有鸟的飞翔
我无法穿越黄金一样的阳光　抵达
你柔情似水的窗口

或者。开启黎明的钥匙早已遗失
昨天的黑夜与明天的黑夜里
我苦守自己的影子
没有希望。没有恐惧。没有孤独

没有人能够拒绝歌唱　正如
谁都无法分清失去的得到的有什么
区别。白天和黑夜的河流里
我笨拙的心正被一双手敲响

已经逝去的春风和就要来临的冬雪
还有多少　它们是否让你彻夜不眠
告诉我在你一生一世的旅途里
从一棵树到另一棵树就叫幸福

随风而起的时光已有多少逝去

我独自坐在人群深处
望你。你是谁
让阳光在你背后投下巨大的影子
同时让一个人守着长夜无法入睡

梦游的人们挤满大地　　他们
抓住生活的尾巴尽情游戏
我想躲在生命的旷野上吹响短笛
它脆弱的声音会不会随风而起

随风而起的时光已有多少逝去
我知道你同样苦守自己的伤口
等待疼痛的颤栗再次来临
那会不会是又一场流泪的哭泣

生长花朵的季节原本就是开始
等所有的日子挂满果实时
你把怀抱的痛苦交给谁　　也许
只是留给你自己

鸟的快乐就是天空

静静地听着你的眼睛
那是一泓秋水
它从遥远的地方飘来
刺痛我的心灵

你的微笑比阳光清澈
让春天的寒冷远去
我等待正在开花的树
从此这个季节不会寂寞

鸟的快乐就是天空
它们的道路是风的道路
在季节的深处
它们是自由的灵魂

在风雨就来到的早晨
你穿过阳光
如一枝盛开的花朵
让我在遥远的城市里迷醉

我就那样凝视着天空

等待一片雪花　它
如期而至时
大地如琴　铺展
更巨大的温暖

一定还有风　它刮起
最后的树叶
告诉我这是一个寒冷的季节
我就那样凝视着天空

你穿过雪花时
我看到阳光　绚丽
大地的所有角落都泛起银光
同时　我流下泪水

这一天就叫大雪
离春天很近的一天
这个冬天唯一的雪花
注定落在我唯一的心灵

荷花在远处绽放

就是这滴水　流过
花的清香
让一粒种子感受
成长的饥渴

遥远的云俯瞰大地
水变成河流漫过堤岸
你穿过旷野寻找路口
就像一条鱼变成鸟

荷花在远处绽开时
你独自坐在影子中
水雾如烟
遮住了所有歌声

很多人走过河边
他们穿过桥上路
他们疲惫的眼忘记了
水就是最美的风景

抚摸自己的心事需要勇气

你转身离去。巨大的
寂寞从天而降
我知道只能这样看着你
等待你再次带来的阳光

阳光会给我们走向明天的力量
她却使我的黑夜变得一次次漫长
你是否也曾有过心的疲惫
渴望伸出手去把幸福抚摸

抚摸自己的心事需要勇气
我们的灵魂总想远远循去
在苍老如秋的岁月里
它们让我们懂得什么应该珍惜

那么 请让我看到你的声音
我要把它们播撒在你无法出现的
时光里 在冬天的雪花飘起时
我们相对而坐哪怕默然无语

还有谁站在风口独语

我无法不感谢冬天　寒冷
使我懂得阳光会温暖一颗忧郁的心
那些脆弱的雪花迟早都要来临
它们像鸟一样穿过巨大的天空

其实。我们无法摆脱春天的逼近
你需要的只是一份勇气
告诉自己生命不该简单如水
然后。抱紧每一个昨天和明日

还有谁站在风口独语
他们是否像我一样明白一朵雪的美丽
噢　这是个痛苦灿烂的日子
你让我寻找到比黄金更沉重的幸福

冬天的深处还有什么　你
带着自己依然走不出时间的手掌
那么　回过头去
你就是许多人生命中的旗帜

握住你如水的目光

你的声音总是穿过空旷的城市
抚慰我悸动不安的恐惧
不知从何时起　我
习惯了焦急中的这份倾听和述说

我想伸出手握住你如水的
目光　可又怕碰伤
你动人的清纯和安详的步履
更害怕你从此转身远去

我会记住每个落雪的日子
它们使我的一生不再一贫如洗
面对这个浅薄的世界　我只想告诉你
你让我懂得了望断秋水

今生无憾　这本是一份无望的奢侈
当你的声音温暖地响起时
站在冷冷的风里
我满面流泪

黑夜的黑暗对我已失去意义

我想和你相对而坐　无奈
时间总是无情地逼近　它
是一个冷血的上帝
用分离将我的心流放到黑夜的梦里

黑夜的黑暗对我已失去意义
你和你的轻言细语
照亮我苍白的面容和呼吸
等待黎明　我必须珍惜自己

其实。我无法走进你的天空
当寒冷遍布大地时　你
能够从容走回家去
用一扇门将黑暗隔离

比寒冷更冷的是孤独
比痛苦更苦的是相思
在午夜的睡梦里独自流泪时
我只能记忘掉自己

这个世界承诺已经太多

黑夜比白天更加漫长
我的等待孤独而忧伤
让风随风远去　在这个冬季
我的幸福就是一遍遍呼唤你的名字

岁月汇成的长河
比流水更易逝去　丢失了它们
我们还能拥有什么激动人心的东西
除过皱纹和白发　是否还有苦痛

这个世界上的承诺已经太多　有谁
相信比花朵更真实的是果实
此刻为你吟唱诗篇的我固守阳光
哪怕最后不能进入地狱或天堂

我不知道你是否能想起这些呓语
闪光的词汇和无数次的失眠
还有我坐在早晨的思念里写下的
1998 年……

幸福是生命的花朵

这本是个空洞的日子　从此
它在我的生命中闪光
广场还是原来的广场　你与我
共同沐浴某一年最后的阳光

在陌生与陌生之间　你真实的面容
让天空灿烂的光芒黯淡
我知道在永恒中长存和燃烧着
幸福。幸福是生命的花朵

那么。让我慢慢享受这最后的日子
你什么也不需要说出　冬天
歌声会更加嘹亮　那些美丽的
词语就是我要说出的感谢

最后。我要坐在落日的影子里祈祷
同时想象你怎样走进黑夜
你告诉我　你的白天常在梦里复活
那时我是否已经消失⋯⋯

穿过零点时刻想你

在你的眼睛里读我
我看见自己的心里装满欢乐
走过一条条寒风中的街道
阳光始终在我身边

穿过零点时刻想你
我在爱情的对话中纯净如水
你是否知道你美丽的灵魂
让一颗漂泊的心同样美丽

坐在透明的黑夜里写我
我听到你在遥远处的微笑
渴望伸出手去握紧你的呼吸
我怕碰伤我们脆弱的友谊

数着一分一秒的时间念你
你是我生长勇气的大地
在我简单如风的生命过程中
你是岁月无法磨去的一道记忆

再见是深深的伤口

我知道再见是一道深深的伤口
就让我与你一次次穿越阳光
如果脚下的路能够无限延长
我愿意用生命和时间去做交换

你曾说我的歌唱充满忧郁　其实
它们饱含了过重的欢乐
每当我们隔案而坐　我的黑夜
就会在白天的温暖里继续闪亮

你本是一架绝尘的琴瑟
能够弹出动人心魄的乐曲
阳春白雪。高山流水
我渴盼做一个琴手为你焚香

我不再会有令人失望的怯懦
你是我心中灼热的太阳
被照耀。或者焚烧
都是我生命中最大的幸福

倾听你的声音是今生注定的欢乐

伸出手拨动一串数字　拨动
我每时每刻等待的声音
那是属于我的心灵密码
锁住了命运中不可逃避的相知

倾听你的声音是今生注定的快乐
还有和你一同走在冬天的风里
一天和一年原来没有什么区别
得到的和失去的本就在我们的心里

我无法歌唱自己的贫穷如洗
只有这颗心还经得起风雨
每当听到你远处颤动的呼吸
它就会变成一面鼓鸣响不息

生命是一个不断失去的轮回
每天的太阳只告诉我们什么是过去
你独自坐在窗前时
是否想到有谁在另外的地方想你

是不是一直唱到死亡来临

阳光已刺破我的孤独　同时
照亮我明天要走的所有道路
在无数个有风的早晨和黑夜
我始终记得你曾经问过的一个话题

"是不是一直唱到死亡来临"
噢。歌唱与死亡——最后的真实
这正是你吸引我神往的地方
你是一个能够随时让人幸福的女神

我能给你黄金　比死亡更加沉重的黄金
但我只想给你歌唱　比黄金永恒的
歌唱　让歌声抚慰你巨大的伤痛和
那些隐藏在你心灵深处的记忆

一如既往。这是我对你倾诉的姿势
我知道只有山只有水才能如此
如果有一天你的心生出疲倦
请你说出：死亡是多么美丽

在你瓷片一样的笑容里

还有谁在午夜想你　一盏灯
延续着白天的漫步　那些
无需费解的沉默与对话与春天
一起生根　滋润着我内心的卑微

怦然心动　这并不只是虚构的故事
在你瓷片一样的笑容里　我
有无数次伸出手去的渴望　只是
我惧怕再也不能与你走进风里

就这样我独自抱紧自己的相思
感受午夜从冬到春的流逝
哪怕幸福是一粒无法出土的种子
我依旧会苦守在早晨的阳光里

不要说你的心灵已长满皱纹
我们的生命只有一次　一次的
生命中的数次相对而坐就叫奢侈
告诉我　午夜谁在想你

守着自己你还要凝视什么

夜的黑暗来临时　花正开放
鸟睡在树叶下进入梦乡
它们的翅膀拒绝飞翔
天空就是它们的家乡

比梦更遥远的是思念
疯长在岁月的每一个季节
其实。总有人错过玫瑰的芳香
那时他们正在路上流浪

一棵树叫孤独
两棵树叫相思
守着自己你还要凝视什么
是不是根与根在泥土中的颤栗

抚摸自己的影子　心
会在午夜的渴望中涌动高潮
滋润岁月不变的苍老
鸟会在黎明的光亮中继续歌唱

在你的上空停留

走过所有等待的日子　相逢的
时候天空飘着雪花　那是
我们一生一世的眼泪和歌唱
它们飘舞着让这个世界一片纯洁

还有什么比心与心的沉默更加
沉重　是浮浅的黄金还是来自你的琴声
那些岁月深处的伤痕依旧
摇曳出灿烂的温暖

我知道　独自一人倾听自己的声音时
你无力翻动面前写满素笺的
寂寞和封尘的"恨雨愁云"
在黑夜的深处你将拥衾独坐

窗外黑夜的黑暗遍布
我渴望成为一颗星星　在
你的上空停留　哪怕
会被所有的星星照得暗淡无光

为你而歌是一种幸福

倾听生命深处的跳动　感谢
冬季的寒冷　我拥抱温暖
来自一把琴的旷古清音
让我懂得了独醉今生

那么。今后每一个早晨和黄昏
我会在风中在雨中祈祷
让你孤独的双脚走向花一样的
幸福和火一样的颤栗

为你而歌是一种幸福
我的岁月因此没有了彷徨
我愿意被风吹散　寻找
比阳光更加真实的目光

窗外夜色正浓倦鸟归林
告诉我黑夜的黑色就是你的眼睛
它们的光亮能够抵达我的窗棂
那是你灵魂的诗行

那是我生命的寻找

我知道　你的孤单
那是你生命的花朵　绽放在
风风雨雨的春秋冬夏
不为谁开不为谁落

你知道　我的双脚
那是我生命的寻找　行进在
春寒冬冷的四季轮回
不为谁行不为谁停

我知道　你的泪水
那是你灵魂的诗行　浸濡着
每一年每一天的晨昏夜黑
为心而啼为情而泣

你知道　我的双手
那是我灵魂的触角　抚摸着
白天和黑夜的每一次心跳
为你而歌为你而吟

心与心不需要承诺

穿过冬天的阳光同样穿过
我　还有一场漫天舞动的音乐
和音乐中水一样轻柔的一双手
它拨响我眼睛的歌唱

还有什么比音乐动听　那些
流动于古琴上的快乐和忧伤
我知道在多少个白天和黑夜
你独自坐在黑夜深处的叹息

地老天荒的誓言比雪花还要
脆弱　心与心不需要承诺
当一只鸟落在你的窗口　那是
我在对你说外面的寒冷就要消化

那么　你是否携带一把琴一壶酒
是否会在春天的流水边
弹动一曲"云低天暗"
我会燃烧成你面前的一点清香

我愿放纵我最虔诚的情感

我在自己的恐惧中徘徊
感受血液烧灼的苦痛
你柔情似水的眼睛
是我注定要陷入的深渊

渴望拥抱你的颤栗
让呻吟从心底里喊出
又怕碰碎你恪守的自己
此生此世没有了牵念的风雨

满天星星的日子里
你对着黑夜轻轻地叙述
我在盛大的幸福里无法呼吸
听懂了你的一次次沉默

打开你的门打开你的怀抱
我愿放纵我最虔诚的情感
当所有的风雨暴起时
我不再畏惧自己

让我的心不再孤独

除了花朵　春天还有什么
淋湿你双眼的雨水
和四面吹来的风
那时　你是否知道谁站在风口

城市是一个绝望的迷宫
琴声在遥远处响起时
我抚摸到阳光停在我的身上
让我的心不再孤独

高山流水被楼群淹没
街上行走着时尚的歌曲
我其实知道你将手放在哪里
然后。你就守着自己

我该变成一根琴弦
等待被一双手弹响
黑夜的黑色里
让你的身体绽开花的颤栗

那些逝去的花朵暗香缕缕

回头　你看见什么
孤独的道路还是春天的落叶
午夜的梦正在黑暗中打开
你是否知道谁是剧中唯一的角色

那些逝去的花朵暗香缕缕
它们在岁月的深处随风飘舞
其实　风已经将我割伤
我就用疼痛为你歌唱

有什么会比生命更加脆弱
伸出手你是否能握紧自己的幸福
或者　你只是守住自己的影子
如同秋天用果实的凋落宣告成熟

彻夜不眠　我告诉自己这就是快乐
我要等待阳光的再次降临
等待你回头　对你说
"一切都在你掌握！"

还有什么比天空更让人绝望

你是否看到闪电　短暂
她却以熄灭自己撕开天空的黑暗
还有什么比天空更让人绝望
我们的肉体还是灵魂

或者　我们不相信白天的梦幻
那些让我们内心颤动的种子
它们根本就不会沉默
它们等待着开花的季节　然后结果

告诉我黑夜的星星就是你的眼睛
它们的光亮能够抵达我的窗棂
在这样的夜晚我愿意被风吹散
灵魂的舞蹈比河流更加真实

真实的还有秋天的又一场雨
你的叹息穿过雨声到来时
我正在一片灯光里　面对
你无法逃离的城市

将自己留给自己需要勇气

等待是一种收获的姿势
无论是时间。无论是距离
你会发现自己并没有被欺骗
只是我们长大后懂得了掩饰

倾听是一种等待的继续
知道许多话暗藏的快乐
你会记住一生中的某个早晨或夜晚
坐在风里怎样去看自己的影子

最好不要问今天干了什么
将自己留给自己需要勇气
你或者我。或者他们
或者两棵风中抖动的绿草

那些化为灰烬的万物
那些曾盛开在阳光下的花朵
那些属于人们的风和雨
你说　我们是否能比它们久长

我无法靠近你的呼吸

不需要问除了寒冷　冬天
还有什么　回头
是我们此生永恒的伤痛
站在风中你给我阳光的烧灼

你居住的城市
就像我无法靠近的呼吸
但是我知道　我们可以燃烧
用彼此的光亮焚烧距离

其实　一生一世只能拥有瞬间
那些深埋在我们心中的种子渴望
发芽　它们会在风中雨中长大
让我们不再为自己遗憾

就这样记住一个季节
记住从一个城市到一个城市的阳光
那些纷纷涌涌的人群是否幸福
你没有说　你无需说

你是一团火

风与风的相会叫清爽
雨和雨的相遇叫滋润
阳光同阳光的相知应该叫作
温暖

那么　我和你的相识就是种子
在春天已经不再有鸟叫的时光里
我的心开始发芽并且灼伤你的
双眼

我知道风我知道雨我知道阳光
它们让世界无限延长
它们用永恒证明着我们生命的
脆弱

于是　想象你是一团火
照亮我的早晨和夜晚
让我日渐粗粝的心重新跳动
柔情

雨的季节就要来临　是否
伸出你的手给我指路
易逝的生命中永葆青春就是
幸福

夜的深处

在人们睡去的午夜　我
守着一片灯光　这是白天的延续
你的气息已使我迷失自己
黎明在我的目光里漫长无际

让我走出夜的屏障　凝望
从一颗心通向另一颗心的道路
阳光灿烂　这是最真实的幸福
时间的虚构隐在夜的深处

夜的深处还有你光彩照人的面容
它渴望我笨拙的手和一次颤抖
还有激情。和血液里流动的力量
还有一道再也无法闭拢的大门

我无法用另外的方式拥有你
穿过布满恐惧的白昼
我交给你。我所有快乐中的快乐
在未来　我将重获我的灵魂

那么 你是否愿意与我一同深入夜
在黑暗的最高处 我为你歌唱
月光，就像你。柔情似水
渗透我瘦弱如草的勇气

一棵树与另一棵树

眼睛总是为所欲为　凝视
春天绽开在旷野里的每一朵花蕾
它们是一个季节的忧伤
所有人在清香里酩酊大醉

我是谁　站在春天的风里
等待着绝望中的阳光
那是来自你的歌唱　你的手
你的眼睛或者你轻声的叹息

一棵树与另一棵树的爱情
在天空。在地下。在所有鸟
飞动在树叶中的羽翅上
它们懂得一个人对另一个人的渴望

在你的目光中我迷途忘返
我觉得风从四面吹来　黑夜
正像一把刀切割掉我们多余的阳光
就让我成为一棵树长在你的土地上

让春天慢慢生长

坐在夜的巨大里　想你
在同样遥远的城里　你孤寂的心
哑然无声还是有阳光抵临
我知道：一切都无法改变

那些花慢慢开放　它们
深藏在你的心底　等待一棵
年轻的树将花香扯碎
你知道：一切都在命中注定

谁恐惧自己　就恐惧生活
将你的心房点燃　火焰
照亮我的翅膀也照亮你的花蕊

让春天慢慢生长　果实
在秋天里并不真实　伸出手
你攥紧的是不是你的渴望
你知道：一切都在开始

我们无法躲藏

遥远的依旧遥远　许多年后
深刻的黑夜和黑夜中的沉默
幡然昭示——
一个人是孤独。两个人是故事

这个草芥般的世界让我们无法躲藏
甚至来不及说出遗憾　日落
日出　为我们虚构了生命所有的情节
奇怪的是我们并不是故事的主角

那些将要开始的岁月马上就会结束
我们不会比一条河更加久长
你得到了什么。你摧毁了什么
你能不能再一次火焰般颤抖

我只要我的贫穷和富有　一次
无数次。用肉体耗尽我的力量
在我毕生编织的寂寞里
你是否能成为奢华的一章

寒冷只是别人的情节

这是一段冬天的岁月
一片绿在阳光中动人心魄
从此　寒冷只是别人的情节
我就这样守着窗口等待日落

我知道绿叶的生活
它们习惯于沉默却洞穿人的
故事　它们是人的朋友
它们用根须滋润人类的焦渴

于是。我在午夜梦游
变成一丝风或者一道光落在
你的窗口　注视你在黑暗中梳理
湿漉漉的长发和心事

其实。你比花还要沉默
你是让我忘掉黑夜的一只鸽子
近在咫尺却有自由飞翔的翅膀
只有你能穿越一段不能衔接的距离

那么。我无法看到花开的灿烂
或者只能将自己的心当成叶片
让我在以后的日子里细心培养
只要你不拒绝欣赏这份绿意

你是否害怕受伤

你知道春天的到来无法
阻挡。花朵是时间的阳光
我要站在风口等待
哪怕拥有的只是一缕芳香

我们不能直视自己的影子
就像你无力改变自己的梦境
那些已经发生的和将要到来的
究竟是什么？不要说出

告诉我。你是否害怕受伤
苦难的快感来自开始还是结束
在寂寞从天落向大地的时候
我能否为你守着夜的黑暗

灼伤你的阳光已经灼伤我的眼睛
我将伸出手把太阳的脚步扼住
然后。停留在你的冬天
哪怕我的周围飞雪满天

你是流浪的云

我知道　你也是流浪的云
注定孤独地等待每一次黄昏
落日。星辰。还有黑夜巨大的
寂静

在我阅读自己的岁月时　感谢
是我命定要说出的诗句
你的目光你的心语淹没我漂泊的
足迹

你是否洞悉流水易逝　我们
是否能像一滴水与海洋合为一体
其实。阳光正一截截裁去我们的
青春

就让我坐在夜的深处
守住你梦中的微笑
哪怕我只站成一株清晨冷风中的
青草

我渴望

我渴望抓住你的抖动
它们是阳光的触角　灼伤
我苍白的手指
你知道：我要把大海送给你

我渴望吮吸你的花蕊
它们是雨露的芳香　陶醉
我疲软的双臂
你知道：我要用火焰点燃你

我渴望抚摸你的梦寐
它们是生命的低语　唤醒
我寂寞的心灵
你知道：我要将甜蜜注入你

我渴望拥抱你的呼吸
它们是灵魂的歌唱　诉说
我疯狂的岁月
你知道：我要拿青春润泽你

我们需要伸出手

你的伤痛是从眼睛里开始的
它们的根却深入心脏地带
这让你自己也很无奈　无奈的是
你的手竟然无法抚摸那些伤痛

就这样跌跌撞撞走进自己的悲伤
那该是怎样动人的风景啊　让
每一个相知的人同样生长忧郁的枝叶
遮蔽你黄昏时感觉到的冷漠

错过的季节是否还再错过
叶子。花朵。果实和阳光风雨
注定是此生面对的富裕
哪怕只能是眼睛与眼睛的相知

疼痛的依旧会疼痛　上苍说
我们需要伸出手　我们之间
虚空的是自己的罪孽和诚实
忘却的仅仅是我们自己的岁月

记住这个冬季

记住这个冬季是因为一条路
和这条路中渐冷的黄昏
其实我们已经错过最美的相逢
伤感的对话只能相敬如宾

曾经有一份孤独开出花
穿过我的眼睛洁净如雪
那时面对我的手指
你只是默默无语　无语

那么　你是否相信真情如刀
会在无意中碰伤另一双眼睛
那么　是让虚幻的仍然虚幻
还是让天空飘满如泪的雪片

这是个寒冷的季节　黑夜
开始漫长　就像我的伤感
从此开始滋长　让我
在最后的日子里拥有果实

你是否想有一个秘密

那些明艳的阳光和花朵
是给每一个人都能享受的快乐
不包括幸福　秘密孕育的幸福
是少数人才珍惜的礼物

其实。你就是一个秘密
让我笨拙得无法将话语说出
一千次的呼唤不会在乎一千次的等待
两颗心注定是双倍的悲伤

你是否也想有一个秘密
关于你的头发或者手指的情节
它们不会灿烂若花
但会照亮另一个人将黑的黄昏

鸟已经鸣唱了吗　还在鸣唱
它们向上飞升的姿态是那样亲切
我是否和它们一样　苦苦说
我是谁。你是谁。我们是谁

记住每一个早晨

面对黄昏坐下　听太阳落地的声音
想象你这时会不会也是一个人
有一怀淡淡的情感让你回忆
其实　每一个早晨我都更加空虚

然后在无法退却的日子里走下去
生命只会有一次　我要珍惜
比生命更让人悲伤的是爱情
你是否终生无悔守住每一滴泪水

黄昏后无家可归　我随风飘去
走进夜的深处独自低语
在黑色的星光中我不会迷醉
早晨的太阳会呼我归去

那时我能看见你　在风里
焕发出滋润一夜后的光泽
然后站在无法行走的岔路上
你的影子婆娑摇曳　摇曳

今夜有风

那风很大　摇响
所有人家的玻璃
你还在路的那头
这就足以叫我一千次站在风口

一千次的呼唤和一次的等待
究竟有什么区别　像这风
只是千百次中又一次相同的冷风
就像你是千百个女孩中一个相同的女孩

今夜　我感到风很冷
在我仅有的骨头中生疼地扎根
只因为站在风中我就相信
穿过寒冷你还会走到我的面前

我知道我比风更加贫穷　就像
我知道这世上有千百个美丽的女孩
只有你才用这种方式与我同行
所以　让我今夜等待你的眼睛

让我想你

想象你是一只鸟　春秋冬夏
我都在仰望你飞动的翅膀
那是一段距离　我会
望穿双眼

让我想你　不论阴天丽日
我会在我一生的所有日子里
留下一个关于飞翔的传说
就像有一位老人渴望扶摇九万里

九万里的天空一定有迷人的歌唱
那是我们所有先人在诉说　爱情
他们是否有过同样的仰望　如同
我渴望你落在我的肩头

一生就是这样的短暂
爱情的歌声却会永恒如河
当天空亮起春天的旗帜
让我日日想你　想你

想一片天空

那时　你要说出什么
让我在这遥远的日子里苦苦回想
这不是我的过错　你知道
一只鸟正在你说话时飞过

他们都说你用眼睛暗示过什么
后来我看见你刚刚哭过
我说　你说什么
你只是看看天空里飘过的一片云朵

一只鸟一片云是否就是那片
天空　一条河流是否就是那些眼泪
你有一千个理由不去回答
我还是想知道你要说出什么

还有多少风风雨雨的日子
还有多少翩翩飞翔的鸟翅
其实无论你再开不开口
我都无法走出你的声音

穿过夜色

进入夜色
有你如期的等待　风雨霜雪
你都会是一棵树生长在
我双脚能够企及的地方

这就叫爱情　永远属于春天的树叶
夜色中拥你入怀
感觉天地就是你我　永恒
如水　永恒如岁月轮回

默默无语　不要说夜色如水
我们不需要如疯如痴的誓语
只让我握紧你柔弱的小手
并能带你到生养我的土地

也许穿过夜色的天明就有分离
许多相爱的男女都是如此
他们在早晨的寒冷里走回各自的宿地
然后流泪。等待再一次的分离

两个人

世界就是这样无奈
小到抬头低头你都可以走进我的心底
如云如水如三月桃花　让我
不能不记住所有的岁月

在白天在夜晚　两个人
就不会再有孤单
哪怕相对无言哪怕相背而坐
都可以懂得什么叫相濡以沫

两个人不需要许诺　如同
太阳落下月亮升起　如同
两棵树站在土地上　根
紧紧在地下的泥土中相偎相依

有风有雨才有长天久地
有你的眼睛我才会看到爱情的春季
无论秋天怎样贫穷如洗
我都会长成你手中的一粒果实

岁月之上

那是你的期待　由发梢至眼睛
写满我跋涉的喜悦　只要能
如期走进你开犁的时节　风雨兼程
我不能不记住每一个季节

现在　让我为你而歌为你而歌
让我的每一颗牙齿都变成种子
在你苛求的手掌上开花拔节
生长成一片永收不败的原野

告诉我　岁月之上还有什么
告诉我　你我之外还有什么
多少年后我们是否还能并肩而立
让冷冷的风不再寂寞

这不是纯情年华的许诺　岁月
是一道道伤口让我们珍惜现在的日子
握紧我们的双手　爱情
需要永远相互搀扶

想你的眼睛

最初进入我的眼睛的不是你的眼睛
我的心在你如水的舞蹈里早已成水
那是能开出荷花的水啊　还有
你吹气如兰的轻语

有谁在这如洗的清晨里歌唱
让我想起许多往事　那些闪亮的
树叶和花瓣会在一夜间绽开又落去
是否还会有你无奈的叹息

就让我转过身去　我会看见孤寂
其实你已经流泪　在无人的黑暗里
那是你幸福和苦痛的歌词
在这个世界上你是她唯一的作者

那么　我是一个迟迟而来的听者
在你无声的手势里注定也会哭一次
然后将路上的脚印捧起
在我的日子里它们是否会长成一片芦苇

告诉你我的心事

雨落下的天气里　我们
相对无语　一棵树与另一棵树
在雨里只剩下美丽
让我的双眼长出绿意

我的天空如果是你的天空
你是否会亮起飞翔的双翅
无论有多少个阴天丽日
我都张开双臂等你　等你

就这样听雨声寂寞的叹息
它们至纯的舞姿如同你的低语
有一千个理由让我忘记自己
只是你一直没有说雨是要停的

那么　我就在雨中变为雨滴
落在你的肩头上悄悄隐去
连同我想说的那些心事
它们和这雨本就没有什么区别

你就是一眼暖泉

在你的双臂下融化　我
疲累的心同时能够舒展地哭泣
我知道你就是一张大床啊
可以让我真实地进入梦境

在你的气息中呼吸　我
伤痛的手同时能够自如地抚摸
我知道你就是一棵大树啊
可以让我任何时候都能停息

在你的颤栗中颤栗　我
虚弱的血同时能够激越地流淌
我知道你就是一眼暖泉啊
可以让我感受自己的挺拔

在你的岁月中行走　我
寒冷的腿同时能够顺利地回家
我知道你就是一道家门啊
可以让我点燃最后的温暖

1984 年的 10 月

渐近寒冬的十月　伸出手
我抓住永恒的阳光
温暖从此停泊在我的心房
这个世界上还会有什么威胁

那时你数次徘徊
并且让自己的话语说服自己
那是怎样的苦痛和激动啊
我知道你曾彻夜无眠

迷狂。颤栗和燃烧
这是两个人的风景　时间
只是对过去和未来呈现它的清醒
你对人生的喃喃自语始终如一

值得记住的日子究竟有几许
当我也满面皱纹时　独对
黄昏梳理自己的岁月
十月应该永远会是灿烂的季节

午夜的思想

这是一只鸟的翅膀　可以
穿越黑夜的距离
停落在你洞开的窗口
它可以鸣唱可以静静等候

灵魂的颤栗是火的颤栗
从嘴唇开始传遍手和脚
和每一个春夏秋冬
那时你紧闭的双眼同样燃烧

扇动的鸟的翅膀让我妒忌
白天。夜晚。它有临近你的自由
午夜和我对话的只有虚空
和四周沉睡着的呼吸

伸出你的手在岁月的风里
我要乘着鸟的飞翔升起
在就要消逝的日子里
还有什么需要珍惜

12 月 26 日写给 12 月 31 日的话

在这冷冷的世间　寻找
一份温暖是怎样的奢望
我不知道如何面对自己的独语
或者就这样等待下一次的落雪

其实。我们来到人世时都曾啼哭
那时的脆弱终生无法摆脱
从此　痛苦注定是一面旗帜
飘摇在每一天每一天的日子

在黄昏的气息里你为何不再说话
或者只是静静低语诉说
自己的悲伤　那是一份美丽啊
让我始终泪流满面

这是孕育春天的季节
我的心在阳光的暴晒中歌唱
只是不知道拥满人群的道路上
是否有人会听到这份孤独

告诉我你是谁

打开你的心扉　阳光
会像一只鸟落在那里歌唱
其实这个世界充满孤独
没有什么花能永开不落

阅读你的眼睛时　忧郁的
树叶像秋天覆盖住我的呼吸
我不知道这是否构成罪恶
让我们的天空布满疼痛和欢乐

岁月将我锤炼成剑　它
会斩断每个人留恋空气的日子
是让我们本就虚空的生命依然虚空
还是握住无情的剑柄随风而立

告诉我。你是谁
你是否只为一个季节生长枝条
在漫长的生命尽头
无悔无憾该如何注解

云在白天和黑夜飞翔

天空。需要抬头仰望
云在白天和黑夜飞翔
同时生长翅膀的还有我的歌唱
歌声在阳光中比黄金更加闪亮

流浪的脚步被风吹散时
家在季节的深处炊烟正浓
花和草。风和雨
让人懂得温暖来自另一双眼睛

伸出手让云停留
你是否会讲一个雨的故事
让我记住黄昏和早晨
并且等待秋天来临的喜悦

又一场雪花落下时
还有谁会渴望天空的花朵
那些穿过大地的人行色苍茫
身后是他们行走的影子

穿越黑夜比穿越城市需要勇气

冬天的风里我独自行走
没有雪花的季节寒冷依旧
琴声弹响在春天的阳光时
流水深处的你舞动双手

城市的街道开满虚假的花朵
许多一脸幸福的人穿着别人的衣裳
他们不理会别人快乐的理由
纵情地品尝着苦辣酸甜

握住你的目光倾听你的呼吸
一生一世和一朝一夕同样长久
当孤独再次来临时　打开你的窗口
总有人为你苦守在黑夜的尽头

穿越黑夜比穿越城市需要勇气
在每一个早晨独自面对自己时
我祈祷握住随风而来的琴声
让她停在我的泪水里

我无法不说出我的谢意

有一些记忆就在你体内
它们潜伏。隐藏　让你
以为它们不会再存在
然后。它们袭击你
一瞬间唤醒你抖动的灵魂

我拯救了谁。我拯救过谁
光阴漫流。阳光一寸寸切割
我的生命。生命告诉我
我只能悄悄记住一个名字
她像鸟鸣。我彻夜难眠

还有我的想象。想象一个人
受伤后的孤立无援　幸福
那光彩照人的少女是否拥有了它
并且她是否还会听一首歌
那是难以启齿的语言啊

我无法不说出我的谢意
时间将距离无限扩展后

黑暗的友谊依然注入我的梦境
那是关于水和空气的回忆
还有站在歌声深处的少女

有风有雨的日子还有什么

阳光让你透明如花
在你的背后等待凋零
她们的果实朴实无华
让一个季节开始生根

生根的还有我的心
在你的微笑中比春天更加温暖
伸出手　抚摸或拥抱
我流浪的心不再孤独

有风有雨的日子还有什么
是被忘记的幸福还是被牢记的痛苦
或者只是一条没有尽头的道路
和无数行色匆匆的过客

一千次的寻找叫执着
一次的拥有叫陶醉
握住你的目光天空不再遥远
我会日夜停留在你的窗口

穿过无语的天空等你

夜深时　你在黑暗中对自己低语
那些歌唱过的树叶已经飘零
你身后的巨大黑色
将你的眼泪带到遥远的地方

是否还有一个人坐在自己的影子中
穿过无语的天空等你
风在他的四周沉默
他知道比时间更久远的是相思

你是否想抱紧自己的心事
让曾经疲累的心不再开花
或者　你已经将自己放逐
只等待黎明一次次升起

这是个叫秋天的季节
想要伸手抚摸你的目光
哪怕被她的灼热焚毁
然后　飘落在你寂寥的怀抱里

你是否记住这个季节

秋天的风再次来临　树叶
在枝头等待花的回答
你站在树的影子中　阳光
使你的笑容比花儿鲜艳

你是否记住这个季节　还有
在风口为你歌唱的歌手
那些飘零飞散的树叶正在回家
路上还有无数流浪的马匹

雪花会在明天到来
鸟在雪的空地上抖动羽毛
她们
告诉你这个世界最重要的是温暖

你是不是多年不再有梦
那个守着你的人是否还在读你的眼睛
等你转身走向夜的深处时
秋天悄悄合上她的大门

是谁点燃季节的灯火

夜深处星星不再歌唱
它们倾听一只鸟对一只鸟
述说秋天的风雨　还有
飞翔中翅膀的归途

是谁点燃季节的灯火
晚归的人们渴望炊烟
他们看到枝头上的树叶
飘落时就像一面旗帜

到哪里寻找今晚的归宿
唱歌的人从来没有停下弹琴
高山还在流水
阳光依旧三叠

比天边更远的地方
依旧无法走出心的想象
怀揣最后一丝阳光
等待鸟将夜的黑色带走

你在秋天的深处

坐在你的对面　夜
不再重要
所有的风雨都被关在门后时
一盏红灯便成为这个秋天的记忆

你在自己的眼睛深处守着自己
渴望抚摸春天的土地
那些伤痕累累的花朵还在盛开
你知道你比花更加灿烂

回头时风将我的寂寞吹散
想要站在风口为你而歌
阳光是否将我的歌声照亮
让我们相信再一次发芽的季节

黑夜的黑色里想象你的秋天
和你背后发光的落叶
当你独自守着自己时
你是否知道还有人彻夜无眠

有人在岸的对面弹琴

夜在湖水中停下来　风
掠过你的双眼
你在去年的柳岸边等待
谁会送来一把江南的油纸伞

拍拍古旧的栏杆　一条蛇
继续游走在河边的草丛中
她也在等待一场大雨
雨中的行人

有人在岸的对面弹琴
湖中的莲花已经开过
挂在树上的叶子还在风中
它知道明天会不会还有雨

那条蛇已经来了数千年
她只怕一杯酒
却让多少伤心的男女贪杯
贪今晚无边的夜色

守着一片夜色

你在这个城市的另一头
守着一片夜色
风在你的身后刮过时
你是否知道谁为你歌

你的声音穿过秋天的孤独
让季节不再没有月亮
让星星不再闪烁
让城市不再有距离

许多季节已经远去
那些没有家的人还在流浪
他们怀揣一片硬纸
想要写下风对雨说的故事

比夜更深的是不是眼睛
比眼睛更远的是不是距离
守在城市的路口上
谁会为你点燃自己

还有什么比雪花更加脆弱

冬天再一次来临　风
带来雪花和寒冷
走过城市长长的街道时
想你独自坐在灯下的孤独

就变成一片雪花落在你的肩头
让我的心在午夜有个归宿
在这个刚刚开始的季节
还有什么比雪花更加脆弱

城市的灯光使夜更加漫长
有歌声穿过起风的道路
我知道你心里的等待和焦渴
它们在冬季里依然顽强地生长

就让我站在路的尽头
守住这个夜的光明
多少个风风雪雪的季节后
你是否会记着一个人的歌唱

有谁还会握紧你的手

夜通过你的手来到窗口
我守着自己的影子等待
一道星光或者一团火
它们正点燃漫飞的雪花

就让黑夜停留
它是你和我相约的花园
哪怕只是相对无语
我的心都会响起春的鸟鸣

有谁握紧你的手　　让
飞雪的冬天不再无声
有谁等在你的路口
告诉你玫瑰最芬芳的日子

就让我写下这个冬天的诗歌
用空洞的语言建筑一个宫殿
你的心就是它的主人
有权打开每一道的门锁

雪是一个季节的灵魂

冬天的花儿叫雪
雪是一个季节的灵魂
你站在雪地上
将我的心点燃

坐在你的对面倾听
伸手握住我的幸福
凝视你眼睛的声音
凝视心与心的距离

让时间结冰
冻结就要到来的灯光
哪怕一路无语
哪怕风从肩头掠过

在城市干硬的街头挥手
我的夜晚不再孤独
这是个注定要来的情节
写满我一生一世的日子

一个人不是孤独

一个人不是孤独
孤独是一个人走在路上
你的朋友和别的人
离你远行

路上到处是人
他们与你无关
你走在风中
你知道朋友正走回家门

这是个不能流泪的季节
天气太寒冷
纸醉金也迷
歌舞岂升平

不回头　不能回头
身后是自己长长的影子
它比你更加孤独
随你走过冬天的黑夜

告诉你我的心事

雨落下的天气里　我们
相对无语　一棵树与另一棵树
在雨里只剩下美丽
让我的双眼长出绿意

我的天空如果是你的天空
你是否会亮起飞翔的双翅
无论有多少个阴天丽日
我都张开双臂等你　等你

就这样听雨声寂寞的叹息
它们至纯的舞姿如同你的低语
有一千个理由让我忘记自己
只是你一直没有说雨是要停的

那么　我就在雨中变为雨滴
落在你的肩头悄悄隐去
连同我想说的那些心事
等待下一个季节

让你的颤栗直到秋天的深处

让我在黑夜的光亮中走近你
谛听你的呼吸和低语
那些逝去的岁月还在开出花朵
让你一直停留在原地

让我把自己变成黑夜　守在
你的窗棂下等待早晨的阳光
然后　对着天空歌唱
那时我希望看到你的双眼

还有谁会握住你的双手
还有谁会在风中等候
让所有的时光都停留
我会在你的无语中拥抱幸福

打开你的门打开你的窗口
让心生长绿色的枝叶
让你的颤栗直到秋天的深处
那时你会说　我收获了生命

让我守在风中等待

走进秋天的想象
你就是经风经雨的果实
让我守在风中等待
等待花最后的语言

然后会有雪飘落
它们的脆弱与花一样美丽
让一个季节充满梦想
让所有人懂得珍惜阳光

一生一世会有多长
一时一刻会有多短
春夏秋冬会有多少
酸甜苦辣会有多浓

谁站在你的左边
你站在谁的右边
我和你的距离叫作相思
是一棵树与另一棵树的祝福

花的季节是心的季节

坐在早晨的阳光里等待
等待花的开放
花的季节是心的季节
可以让冬天不再寒冷

穿过城市的天空和街道
我带着自己流浪
没有人停下来等我
他们都在寻找自己

在沧桑的老人身后
年轻人在奢谈爱情
他们的目光比火狂热
他们说一万年不算什么

花的生命就是果实
从一个季节到另一个季节
谁还埋藏凋谢的花瓣
谁还会为花的魂焚香

你是花一样的女人

花开时　心顿开
你是花一样的女人
还是花是像你一样的花
那只蝶　那只蝶真的好幸福

在早晨和夜晚
我生出想象的翅膀
渴望飞越天空的距离
停留在你的窗外

这是个有雨的季节
还有风从四处吹过
在有风有雨的日子里
心就会是一粒发芽的种子

还有谁为你歌唱
还有谁在远处为你祝福
花的幸福是蝶的幸福
你的笑容是我的阳光

让秋天的风一路歌唱

今夜　谁与你坐在月色中
谁为你打开回家的大门
执手相望是感动数千年的幸福
数千年的月亮仍在讲同样的传说

走近你的人是否读懂你的眼睛
读懂你的人是否离你最近
天长地久　石烂海枯
还有多少人在今夜独自孤独

站在夜的黑色里
你的笑容会穿越夜的黑暗
让秋天的风一路歌唱
让等在风口的人重新启程

今夜是否有人无眠
今夜是否是数千年的月色
我就在今夜独自举杯
杯中只斟会开花的诗句

有什么比眼睛更加深刻

雨从一个季节下到另一个季节
它们是从天落地的抒情
所有的鸟都回到了巢中
它们等待同样可以流动的云

有什么比天空更加辽阔
有什么比眼睛更加深刻
你能不能去数雨滴
告诉我有多少相思可以重复

同一片的天空下　　距离
是一条河流
只有心不需要渡口
默默的祝福就是浪中的小舟

好想变成落在你头上的雨滴
永远不再离去
好想温暖在你的手里
一直到有花在你的心放蕾

让岁月的鸣叫抵达心灵

那是一条可以到达天界的路
石头是最美的风景
它们坚硬却长久
让所有抚摸它的人明白什么叫海枯石烂

站在雨中想遥远的笑容
想这个季节的天空会不会
寂寞和孤独　想陌生的人
会不会也有石头一样的幸福

一千年的一天有多久
一天中的一刻有多久
一生中有多少同样的雨
一路上有多少同样的人

除了阳光空中还有鸟
它们的翅膀穿越距离
让岁月的鸣叫抵达心灵
让山不再生长寒冷

日子会像树叶一样脱落

坐在早晨的阳光里　我
看到你飘动的黑发　它们
穿过黑夜的黑色让我感受
幸福

还有什么能够比距离更让人痛苦
是等待还是思念
日子会像树叶一样脱落
然后　我们也会衰老

所以　我会等在风口
伸出手抚摸你远处的微笑
你会有同样的渴望　渴望
一个在心里开花的故事

秋天和冬天有什么区别
是风是雪　还是果实
还是春天的种子穿透土地的力量
你和我不需要去说出

梅花正浓时

雪在天空飞起时　有花
在白色的风景中唱歌
那些远逝的季节还有多少
回忆值得记住

梅花正浓时　香气漫彻心田
让我孤寂的眼睛不再寒冷
坐在黑夜的尽头
我等待冬天的再次来临

雪花的脆弱是深入大地的脆弱
梅花的脆弱是深入季节的脆弱
还有什么会站在冬的深处
让我伸手去抚摸和热爱

那个为你而歌的人是谁
他是否知道花的美丽
你是否知道你让更多的人迷醉
并且从一个冬天到另一个冬天

风情万种

相信我依旧是那片叶子
在风中　在雨中
撑开一片属于你的天空
果实是脆弱的东西

何况　会有不开花的日子
还是将伤口留给自己
这样。我才能深深体味
爱情为何不容有冬季

过去的时光本就是风情万种
让我们停下手中不能停的工作
你会重新看见
世界　依旧荒唐遍地

流泪的早晨或黑夜里
你再唱一次风情万种
所有的眼睛都会对你说
时光只能在远处叹息

柔情似水

穿过你的心　穿过你的眼睛
那片忠贞的依旧是月光
依旧是所有母亲对游子的呼唤
坐在洞开的门槛上　守住

这个夜晚　你会知道
什么是地久天长
然后。在早晨整理好行装
一千年的是路一万年的是路

天空无法使岁月停留
今天的月亮下　还是
斟满空空的酒杯
醉　醉

醉也醉他个柔情似水
那时　花影中舞蹈的
不会只是你
在舞蹈中孤独的也不只是你

爱 人

斗转星移
穿过一堵墙　你是否看到
两个白发老人　他们
面对面却默默无闻

然后　伸出手握紧对方的心房
寒风中　我的灵魂走过你的灵魂
想起那个落雨的黄昏
没有飞鸟　我独自外出

流浪　属于我的小屋本就属于别人
尔后　出现一颗星星
停在我的头顶　照射黑暗
在星星的眼睛里　我

看到最后的河岸
爱人。爱人！爱人
岁月如刀　无情是刀
回头时　我们不需要动摇

你的背后

你的背后是谁　让我
渴望的心变成岸上的小鱼
有一线阳光天空的鸟就会歌唱
你是否听见有一声在对你呼唤

在所有的日子里你苦守着自己
为心底的一片绿草地
错过许多开花的季节
秋深时你的长发是否依然美丽

就让我无言走过你的面前
疲累的心好去找栖息的圣地
你的背后是谁　让你
每一个早晨充满忧郁

以后的冬天雪花遍地
比雪花更锋利的可是眼泪
现在让我们忘记天空还会有雨
去看秋天满树黄色的叶子

走进你的眼睛

走进你的眼睛　阳光
像羽毛披散在我的身上
让我流浪的心不再疲倦
走过有风有雨的季节

走进陌生的城市　独自
守着每一个早晨和黄昏
用黑夜的星光写下一串诗行
我会在你经过的路上歌唱

你是否打开花朵一样的心扉
在秋天的深处收获果实
生命中的一次相逢就叫幸福
她可以让我们一生一世珍惜

没有谁能给你无悔无憾的温暖
守着自己　守着自己的苦难和快乐
在孤独的日子面对夕阳
谁会是那个走近你的人

谛听你的声音

听到你的声音心就开始湿润
我知道有些话原本不需要叙说
无言的倾诉才能使思念镇静　那时
你害怕的是自己的心还是别人的眼睛

冬天的鸟不会停止飞翔
你知道　在寒冷的风里
它们脆弱的翅膀将生命扇动
路途的遥远和归途无关

站在声音的这头　我倾听
阳光和暖风同时临近
无法拥有你的气息和笑意时
这个冬天就只能是苍白

开始和结束会不会都是伤口
你紧紧攥着自己的心要交给谁
在没有声音的日子里我该怎样谛听
或者干脆深入地下冬眠

有谁知道你对自己的轻语

你点燃一片夜色
黑暗顿时消失
只有风掠过你的双肩
吹皱半空灯光

有谁听懂你那一刻的微笑
有谁知道你对自己的轻语
你轻轻的叹息如水
流过了所有的季节

独自一人时
你轻抚自己的目光
阅读一页页空白的回忆
你无法确定自己是谁

夜的寒冷消失时
你的影子越来越清晰
你知道等待只是一个结局
如同你看着太阳升起

有多少人与你同行

就像穿云而过的阳光
你的微笑温暖了树叶
所有的花朵瞬间燃烧
空留下春天的徘徊

春天的田野上
有多少人与你同行
他们是否知道你要去的地方
是否会告诉你途中的路口

总有一些季节会遗失
生命像一首支离破碎的歌
一次次听着自己的回声
让眼泪和笑语流淌

望着天空行走的云朵
你会想家
每一次你都告诉自己
渴望像鸟一样飞翔

你的心响彻阳光

落红遍地的季节
你望着镜中的自己
窗外飞花一片
你想起母亲遥远的呼唤

你一定记得那片雪花
她在你手中慢慢融化
那一刻　琴声传来
你的心响彻阳光

那些迎面而来的风
一次次吹散你的头发
你走过梦中的田野
把脚印丢进身后的影子

然后　你对自己说
等待和继续如同一粒种子
当所有的花开过时
只有根还在歌唱

所有花等待凋零

有多少时候你就是风景
当所有风停息后
你的发梢还在飘动
一丝丝刺疼看风景的眼睛

在风中盛开
所有花等待凋零
它们聆听时间流动
如同你在阳光中的忧伤

你是否看到自己的影子
它告诉你什么叫孤独
在你回头的那一刻
时间凝成一声叹息

岁月只是一缕炊烟
就让流沙穿过手指
把心当作种子
你就这样守候自己的果实

用心阅读着自己的忧伤

你坐在自己的影子里
用心阅读着自己的忧伤
阳光如花
照亮你的双手

你听着岁月的脚步
它们　如同流水
穿透你的身体
让你无法忘记花落的叹息

每一个早晨和夜晚
你数着寂寞的星星
倾听着生命的呼吸
直到阳光再次来临

有谁走进你的目光
为你点亮黑夜的窗口
或者　你就这样守着自己
等待着春华秋实

在风奔跑的速度中

那一刻　你闻到花开的声音
它们撕裂空气
在风奔跑的速度中
所有人都看到花瓣飘落的影子

花开花落
这是一声千古叹息
它们柔软但坚韧
点亮一颗颗孤独的心

有多少人在路口徘徊
他们怀揣钥匙却忘记了门的方向
在一片片花的舞蹈中
他们独自寻找遗失的岁月

你就在落花深处
聆听自己的心跳
在慢慢的花香中
你的呼吸如水一样滋润了季节

寒冷是另一种温暖

等待雪花落下的时候
你听到远处的歌声
歌声遮盖了你的脚印
就这样忘记了归程

雪越下越大　你
仰望天空
渴望从天而降的飞翔
渴望如花一样的飞舞

你知道寒冷是另一种温暖
就像根深入泥土中的等待
当阳光笼罩你的笑容时
你看到一片雪化成水的快乐

现在。你独自坐在山坡
冬天在下一场雪
雪无声落在你的发梢
你就这样等待最后一片雪

你的心再一次被自己感动

擦肩而过　你
望着月亮的背影
那一刻。你只能沉默
你看见自己被月光点燃

聆听自己的歌声
它们像水一样锋利
划破午夜的窗口
把你的影子投入黑暗中

你知道。有人彻夜狂欢
他们不在乎月光如水
黑夜与黎明的路口
挤满忘记自己的人群

守着月亮的背影　你
渴望天空就是一把琴
拨动从天而降的月光
你的心再一次被自己感动

灵魂再一次离你远去

你的心决堤而开
逝去的日子从远处飘来
它们同时间合谋
等待切断你回头的路

午夜的黑色像一滴眼泪
洞悉你难以入睡的秘密
沉默的背影里
灵魂再一次离你远去

为你唱歌的人是谁
旋律在身体发芽时
你一次次告诉自己
孤——独——如——花

就在深夜念自己的名字
她是你命运的钥匙
隐藏在容易忘记的角落
需要你用一生去寻觅

你知道天空的路很遥远

一滴雨穿过你的生命
你听到自己干涸的呼吸
从一个季节到另一个季节
你就是一粒种子

等待花开的过程
你坐在窗口看云的影子
它们转瞬即逝的时候
你知道天空的路很遥远

你撑起伞穿过有雨的岁月
那一刻我听到你的沉默
雨变成一个情节
从此不再停歇

雨中的大地是一把琴
让我在夜的深处
彻夜无眠
倾听你从远而近的脚步

打开季节的大门

等待雪　天空盛开的花朵
从阳光深处落下
打开季节的大门
让我感受寒冷的温暖

聆听无声的燃烧
我抚摸花瓣的叹息
疼痛在手指融化膨胀
记忆充满滋润的根须

冬天是另一个季节的开始
我把自己变成种子
大雪的问候就这样来临
写在我生命的每一个早晨

在最后的融化中融化
冬天到冬天的路很长
我无法知道经历多少次寒冷
就听一片雪花舞蹈

我突然想念荷叶

雪一直没有下
城市的夜空失去星辰
很多人匆匆走上街头
他们有多少是走回家门

十字路口亮着的灯
让我想象一片荷叶
在风中飘摇时
有谁听到它的叹息

水的波纹中
荷叶看到自己的影子
看到开放的荷花
看到天空一丝云正在消失

这是冬天的一个黄昏
我突然想念荷叶
那是另一个季节的爱情
在水中守候凋零

等待风把阳光带来

一片云　在天空感受大地
等待风把阳光带来
燃烧出一片霞光
照亮自己的面容

天空还有飞翔的鸟
它们的鸣唱可以到达人群
让渴望远行的人抬头仰望
渴望有鸟一样的翅膀

云在天空流浪
它不需要鸟那样的停息
在没有歌声的季节
云会看到大地上自己的影子

比寒冷更冷的是什么
是凝视阳光的眼睛
还是等待远行的双脚
或者只是一次绝望的等待

你知道雨总会来临

你像一朵盛开的花朵
没有风的时候
自己守着自己的孤独
看季节的雨雪冰霜

远处的云离你依旧遥远
坐在冬天的阳光中
你想象飞翔的快乐
让心变成一只鸟飞向天空

你知道雨总会来临
在你花瓣深处溅起歌唱
那一刻你会满面泪流
你告诉自己凋谢是开放的唯一理由

就这样度过早晨和黄昏
每一朵花都在独自开放
又一次在失眠中清醒时
你是否听到遥远处传来的祝福

水就要越过你的眼睛

你的呼吸从遥远处传来
让最后的寒冷消失
在乡村的黑夜里
我听到春天正在苏醒

我坐在炉火边等待温暖
等待花朵开放
我知道更遥远的是时间
一千年和一秒钟没有区别

你是否同样彻夜无眠
是否看到雪花正在融化
水就要越过你的眼睛
它们淹没了你的梦境

就让我守候你的呼吸
在你照亮黑夜的呐喊中
我点燃自己
直到时间窒息

谁在唱着过时的情歌

靴子是来远行的　它们
在尘土里闪着光　季节
在远处散发着处女般的诱惑
道路上飘落的花瓣如同爱情

谁在唱着过时的情歌
眼泪将靴子打湿
那一双梳理长发的手
一遍遍将自己的名字揉碎

到处是彻夜不眠的人
他们各怀心事　等待
天亮后的再一次远行
或者只是为了继续失眠

很少有人知道靴子会爱上花朵
那注定是没有结果的追求
当雪花一次次消融后
遍地的脚印开始流浪

有谁能成为你欣赏的风景

风在唱着一首歌
雨在下着一丝疼
穿过岁月的风雨
所有的花朵是否如期开放

在这个喧闹的世界
你在孤独地看着自己的眼睛
在独自的等待中
有谁能成为你欣赏的风景

你的忧郁如剑
刺痛我脆弱的呼吸
从一个季节到一个季节
我的伤口都在流泪

那些快乐的人在风中奔跑
他们看不到你如花的面庞
在巨大的天空下
就让我守在你四季的门口

我撑起一片油纸伞

桃花在阳光下盛开
它的歌声像翅膀
穿透我的眼睛
让我在春天出发

你将阳光变成笑容
让一个季节充满光明
那些深埋的种子
会在寒冷的风里发芽

穿过城市的街道
我撑起一片油纸伞
守候雨的如期而至
那时　你是否已被雨打湿

被雨打湿的还有花朵
它们的蕊会变成果实
在另一个季节里
它们是最深沉的诗歌

让自己的心像树一样灿烂

你将心捧在手里　等待
另一颗心的凝视　哪怕
天荒地老　哪怕
让石头长出花的芳香

从冬到春的无数个岁月里
你守着自己的门
看一片片树叶绿了又黄
让自己的心像树一样灿烂

等到所有的花开放时　你
是哪一朵
你的芳香是否已经结果
是否在秋天发出光泽

那些为你而歌的人还有多少
继续歌唱　他们
是否能与你一样经历寒冷
然后在春天继续歌唱

它们的翅膀披满阳光

风在远处歌唱　花
随风而绽
行人把脚印丢失在来路
他们说前方才有春天

冬天的雪越来越少
鸟带着果实飞翔
它们的翅膀披满阳光
天空就是它们的家

城市是个巨大的容器
失去爱情的人彻夜不眠
他们将日历藏在身后
然后告诉自己还有明天

总有人在最后的时刻回家
家是一个独自说话的地方
当自己翻开自己时
还有谁来读出灿烂的悲伤

等待燕子黑色的翅膀

从一个冬天开始　燕子
飞翔在我的天空
它的鸣叫让冬天的寒冷
消失

那些雪花依然洁白
风带来远处的云
从春天到冬天
它们流浪的步履匆匆

还有谁会在季节深处等待
等待花开花落　等待
又一个飘雪的黎明
等待燕子黑色的翅膀

歌声总是在春天穿过天空
巨大的城市不再孤独
当燕子再次飞向阳光
我的心同样充满温暖

感受向上飞的迷醉

那一天没有雪　雪在地上
泛着白色的光泽　你
穿过寒冷走向我　让我
从此握住阳光

然后。你像羽毛一样
感受向上飞的迷醉
那时　天空更加辽阔
所有的语言都不再重要

就这样穿过春夏秋冬
等一次次的花开花落
我知道　果实就是种子
它们会穿透所有的时间

等满天再次飘起雪花
你的心绽开梅的芳香
那是可以超越一个季节的力量
让我在每一天都充满希望

谁在夜的深处为你点灯

谁在夜的深处为你点灯
照亮你回家的路程
所有的小鸟都已归巢
它们与人一样害怕没有光明

夏天的雨一直没停
你窗口的花越开越浓
它们的果实如同雨点儿
穿透秋天飘舞的树叶

还有多少季节可以做梦
在随风而逝的日子等待
你是否知道自己也是一粒种子
春天里都在一直沉默的唱歌

等待回家的人越来越多
他们的身影都很孤独
所有紧闭的门打开时
你是否开始整理出发的行囊

当所有的黑夜都逝去时

你的长发拂动起黑夜的光
那是千丝温柔的力　让
一颗遥远的心开始等待早晨
等待一次刀一样的切割

你背后　无边的寂寞像你的
眼睛　像你苦苦守候的爱情
虚无却支持你走过
一个又一个冬天

谁会拉着你的手谁会捧着你的脸
谁会坐在你的对面
哪怕你不发一言
他是否知道你就是他岁月的诗篇

你已经等待　你还要等待
当所有的黑夜都逝去时
你是否还会等待
等待你自己的灵魂回到灵魂

没有空气的日子里

在透明的水里游弋　你
是一尾胖胖的鱼
穿透没有阳光的黑暗
你说岸只是一堵无用的墙

没有空气的日子里
你将自己的眼泪变成呼吸
它们一滴一滴流淌
使大海从此充满生机

当黑夜变成白天
你是否会握着自己的心
是否会在零点时刻告诉自己
失去和拥有就一秒之隔

那么　你一定知道
回头和前行都是一样的结局
在你所有的伤痛中
最痛的就是找不到自己的影子

你的笑容比花朵更加锋利

等待可以使时间变成花朵
让一个季节充满芳香
哪怕冬天滴水成冰的日子
花朵依然是最有力量的感动

你的笑容比花朵更加锋利
穿越天空巨大的黑暗
在城市无人行走的街道上
将我的心划出一道伤口

在零点的最后一道闪光中
我看到你拂动头发的手
它是一粒充满诱惑的种子
在我心的土壤上长出根须

经历寒冷的梅花
会在下一个冬天的雪中开放
一颗穿越寂寞的心
会在何时继续歌唱

梅花是岁月深处的宣言

就这样在飞雪弥漫的冬天等待
等待梅花绽开
等待夜在默默的对话中来临
让距离不再成为陌生

还有什么比你的笑更像花朵
还有什么比花朵更加锋利
将冬天的寒冷切成粉末
让平淡的岁月从此歌声不断

你说　就这样无言
你说　就这样一天又一天
你说　这个季节不再孤独
你说　人生从此不再苍白

在季节最后的一片寒冷里
梅花是岁月深处的宣言
透明的芳香点燃渴望的眼睛
让另一颗心从此无眠

读你的眼

点燃烛光与歌声
今夜不再黑暗
还有谁这样倾听
你无语的心跳

秋还是冬
梦还是醒
伸出手是否能握住
你孤独的快乐

擦肩而过的细节
你是否能回忆
此时此地的呼吸
你是否还会翻动

一生一世有多长
一分一秒有多短
读你的眼
我知道今生无悔

让你深埋的激情绽开

拥你入怀　时间还会流动
拥你入怀　语言还会苍白
拥你入怀　眼泪还会美丽
拥你入怀　血液没有冰点

让你久已封闭的心打开
在凌晨的黑色里唱歌
让你深埋的激情绽开
在无语的世界里燃烧

没有梦想的日子里守着自己
你就像守着一株不开花的草
没有思念的岁月里等待日出
你就像要让自己枯萎

是谁让你面对自己
让你沉寂的灵魂重新欢笑
是谁让你在深夜无眠
让你抚摸自己的眼睛

我知道你比花更真实

就这样看着你
让夜的黑暗离开
听你的呼吸就像花开
零点的星光还照着谁

是不是让风停在窗口
听两颗心在悄悄低语
那些归巢的鸟不再唱歌
它们说　就让他们幸福

夜有多长幸福有多长吗
你说就让我的手握住你的手
我知道你比花更真实
让我的岁月不再没有收获

一颗石头叫孤独
两颗石头叫相思
心走向心没有距离
笑与笑相视不需要理由

鸟的爱情是否也要流泪

想象风吹过一片叶
鸟在天空寻找果实
叶在风中歌唱时
只有时间在河流上舞蹈

鱼在冰下呼吸
它在记忆里回想鸟
鸟的爱情是否也要流泪
在等待伤口消失

没有冰的时候
天空会出现在湖里
荷花开放
鱼从水的深处浮起

没有人看到沙子的流动
鱼。鸟。荷花。果实……
它们最后是否也变成沙子
就像人在岁月中苦守的爱情

满树的梨花里你是哪一朵

满树的梨花里你是哪一朵
让我在四月的风中停下脚步
你只用一季的美换取我的记忆
虽然我无力让你盛开四季

你是那朵开在雎鸠声中的花吗
河流越来越少的土地上
还有什么可以滋润你洁白的面容
让我在梦里渴望变成君子

风刮来还会刮走的。它们
穿过一道道山梁有时比你还要短暂
只有你相信根从来没有甜言蜜语
那满天飞过的鸟和你一样美丽

我就在子夜的黑色里离开你的洁白吧
等待一场风一定比等待天亮容易
在四季都能看到花的城市里
我开始怀念田野里的相遇

她们并不是为美丽开放

带不走你斟酒的双手
就带走全部的酒意
羡慕。春天的风才叫风啊
带走了多少花的容颜

春天的许多花已经凋谢
她们并不是为美丽开放
空守着枝头时。她们让寂寞
娇艳成刚揭去盖头的新娘

我就远远看着你吧
这样不会看到你在风中的颤动
数千年有人用花酿的酒
同样可以染醉我所有的早晨

你就在早晨的窗口梳洗
打开祖母留下的镜子时
你一定听到她遥远的祝福
一朵花就是坚守在季节的嫁妆

你不能无动于衷

你一定看到自己的渴望
漫天飘落花瓣的季节
你希望随风走到河对岸或者更远
在更远的山梁上可以看到更远的河流

春暖花开。这是所有希望的开始
我知道再迟一步就会错过这个季节
所以我打开尘封的酒坛把自己喝醉
醉卧花香。这是无酒也醉的回忆

一生有一次够吗？花说：我只开一次
我就把这一次带走吧
放在我写下的诗歌中等待时间褪色
等待我在老掉的风雨中和春天拉家常

你不能无动于衷。你已经开放
开放和凋谢是同一首歌。无论短暂或长久
请记住回头注视你的最后一个身影
他收获了足够的力量穿越所有的黑夜

你在水的滋润中开放

河流穿过身后的土地
你在水的滋润中开放
站在河岸的草地中
你的心草根一样坚韧

有河流的地方就有家园
流浪的人沿着河岸行走
他们在黑暗中看到水的波纹
那是他们唯一的爱情

你是否记得桃花正红的三月
有人迎娶你同村的姐妹
她们在春天成为别人的新娘
一夜间撑起生活的天空

没有人知道你把心留在草地
在风封冻河水的季节
你一定看到有人从河面走过
他一路唱着古老的歌

窗外开始下雨

你一定听到夜半的风声
一片纸就在那时穿过城市
没有人看到它上面写着的故事
也没有人知道你从零点到黎明的等待

打开一扇门和走进一扇门同样需要勇气
你听见自己的呼吸时
窗外开始下雨
看不见的雨瞬间点燃你的身体

那一刻。你变成羽毛
随风飘浮在春天的早晨
你看到大海正在掀起浪头
那些白色的花朵就是你的快乐

你的背影是再次延长的距离
注定写满从雨到雪的回忆
你把眼泪带走时
风又一次划破天空

你依旧走不出一道窗口

四月已经变成传说
在花的味道中走过山梁
春天是岁月美丽的嫁妆
你盛开的心不再寂寞

你可以回首。看一片梨花
她们早在祖母少女时代绽放
惹动多少彻夜难眠的羞涩
河流只是一首古旧的情歌

江山依旧。风雨依旧
你依旧走不出一道窗口
隔山望涯的歌越来越瘦
黑夜点亮烛光已经成为传说

记住这个季节就足够幸福了
雨水漫过花瓣时你是否看到山峦？
鸟带着你的忧伤绝尘远去时
你在黄昏里已经看不到自己

你把自己写成一首歌

穿行在夜的城市
你寻找归途的出口
夜越来越短。看不到星星
你知道往前走就是远离

你遗忘在童年的灯笼还在燃烧
它的光照亮你的记忆
花。小鸟。或者一座空空的房子
你的心在那时长出翅膀

从一个季节到另一个季节
怀揣古典的诗意
你把自己写成一首歌
让听到的人突然停下脚步

黑夜比白天更有想象
你一定知道错过太多的月光
闭上眼睛。就在现在
你告诉自己路从来就没有出口

等待目光逼近

你背后的风刮走脚印
沙滩明天依旧洒满阳光
长发纷飞。裙袂散乱
所有的风景黯淡无光

从遥远处你看到了什么
等再次起身时
你的双手是否已经握住快乐
不让它们像沙从指缝间流失

潮水。潮水。那是你的呼吸
一寸寸漫过你的胸口
离开黑暗的门。离开幻想的白昼
你的影子覆盖天空的云朵

等待目光逼近。抚摸
你柔韧的肉体比剑更锋利
让所有的目光死去吧
地狱与天堂都与你无关

打开花朵的梦境

最后时刻。铺天盖地
你看见自己正在飞翔
风穿过你的眼睛
你的手抓痛了呼吸

岁月是个不知疲倦的傻子
没有人比它更加苍老
你深入灵魂寻找自己
最后的出口处迷失了出口

在黑夜的快乐中一醉方休
打开花的梦境
芳香流溢。色彩缤纷
一生中有多少日子可以挥霍

时间停留。黑夜停留
你呼喊自己的快乐
那是比天更高的感觉
最后时刻。海水漫过山峰

看着自己的眼睛

流火的六月。雨变成期盼
满天的云让天空接近地面
花已远去。红盖头浓如胭粉
做新娘的日子更像别人的传说

对镜贴黄花。这是初开情窦的羞涩
看着自己的眼睛
你是否会记住今天的容颜
你是否知道今天和明天的区别

其实。快乐和苦痛无法想象
甚至不能相信自己的影子
每一秒都会转瞬即逝
总有人在最后才知道今天就是唯一

七月不需要等待
爱情从来就是一厢情愿的悲伤
从一朵花变成种子
这就是生命从来不需要掩饰的轮回

一滴水不能叫雨

望着窗外。天空有雨
你一点一点想着心事
街上的行人总是各奔东西
雨只是季节的一个情节

一滴水不能叫雨
就像一天的故事不能叫作人生
坐在有雨的日子里。等待
阳光从来没有远去

就像不知道第一滴雨的来临
也没有人看到最后一滴雨
城市已经看不到泥土
没有痕迹。雨一眨眼消失

雨变成水纵横四散
天空转眼变得若无其事
没有人能把脚印留在雨里
你在恍惚中看见自己的忧伤

你在雨中花一样呼吸

雨过天晴。七月是个矛盾的季节
阳光和雨都从天而降
一把伞可以遮阳可以避雨
人对雨和阳光总是爱恨交加

没有人看到鱼在水里的眼泪
鱼是水的故事
水是雨的延续
你是一条鱼在七月苏醒

你在雨中花一样呼吸
雨打疼你的头发。持久地疼
你的眼泪像鱼的眼泪
在雨中看不清颜色

一秒钟的快乐是否能持续一生
一滴雨已经足能使大地充满活力
在疼痛的快乐中看到自己逝去的岁月
你有理由再次爱上自己

最远的风景不是因为距离

只有风能穿过眼睛
雪融化的时刻你看到水的形状
无处不在的阳光同样存在于水
照亮水中你的倒影

鱼的呼吸从海的深处升起时
一定有另一条鱼知道
最远的风景不是因为距离
只是一片雪如何从天而落

想念是无奈的表情。冬天
炉火正在封杀寒冷
孤独的是雪光。它们在野外坚守
没有人敢轻视一片雪的轻柔

最安静的季节里充满了不安
河流不动声色地预谋着下一个春天
你把房门打开时。时光
再一次告诉你等待前行就是等待

你成为一本书的情节

握紧夜的呼吸　听风走过
你已醉过千回
将笑声揾在手心时
花正在水的深处盛开

顺流而下。你头插花瓣
原野上到处有人流浪
你成为一本书的情节
等待有人在子夜阅读

冬天是季节的黑夜
你坐在河的对岸。鱼
游走在你看不到的地方
她们让河流不再寂寞

谁能让时间生根。黑夜
延长。让花开过后重新开放
你想要什么呀。无声无息的光
已经将你的背影刻进你的灵魂

谁写下空白页上的传奇

歌声点燃冬天的早晨
穿过窗口。鸟在天空抵达家园
飞翔是她们唯一的语言
她们只带着自己从森林穿越山峰

城市的房间没有炉火的温馨
那本翻开的书落满灰尘
不再为许多情节悲伤时
你学会自己听自己唱歌

你知道街道上挤满行人
他们会在不同的地方停留或继续行走
在最后一个音符中迷醉时
你听到阳光在遥远的故事里发芽

谁写下空白页上的传奇
你抚摸自己的早晨和黑夜
它们切割着你的笑容和泪痕
你是否要用今生守护着每一页的叹息

它们知道天空的无限

一只猫思考阳光的问题
她听到传世的木椅在身边呼吸
镜子中的另一只猫发出示意
好像要告诉自己洞悉的秘密

打开房门的手又将房门关闭
处理垃圾的办法就是将垃圾处理
白天和黑夜的区别只是眼睛的状态
就像一朵花开放后变成果实

一夜醒来。窗外的鸟准备又一次
起飞。它们知道天空的无限
阳光。雨水。雪花。风霜
冬天就因为寒冷才有意义

你坐在花前细数自己的皱纹时
猫在阳光里保持绝对沉默
遥远的道路与她的思想无关
你和猫在同一时刻看到了对方的微笑

攥住大地的诱惑

无法忽视大雪。铺天盖地
从遥远走向更远
传奇的情节充满传奇
注定了一个季节的开始

一片雪和一场雪没有区别
有区别的是落在你手心里的雪
深入你的肌肤。变成血
血和雪在人的灵魂里本就是同一个声音

攥住大地的诱惑。无路可逃
听着自己融化后的叹息
你的目光朴实而尖锐。所有的风
突然从你的指缝间吹过

你知道夜幕一定降临
鸟在黑暗中收拢翅膀。她们
不在乎距离。沿着月亮出现的方向
你看到了花朵巨大的影子

翻开的书里没有故事

黑与白。巨大的空间
当音乐飘远时花朵开放
穿越时间的风如同一只老鼠
正在从冬天出发

翻开的书里没有故事
一粒尘土可能就是所有的情节
守在窗外的猫开始打盹
冬天让你忘记了花的颜色

那些字躺在月色里等待苏醒
它们的存在比我们久远
一醉方休的并不都是酒
风或雨。或者只是一声叹息

你一定会写下什么
最深刻的书只需要黑与白
或者只留下空白
让时光像蛀虫一样归来

苍老肯定是一种诱惑

放逐灵魂。放逐年轻的容颜
看到花朵开放的瞬间
如同青春的恋情
让你彻夜无眠

遍地落英。遍地昨天的潮水
有灯火的夜晚不再有梦境
你看不到时间
时间是一只猫从黑夜守到天亮

夜不动声色
苍老肯定是一种诱惑
你抬头看数亿年前的星光
比星空更古老的一定是祖母的歌谣

谁的手拂去镜中的灰尘
一万年就是想这三个字的瞬间
早晨就是在黑夜后睁开双眼
然后。你看到自己如花绽放

你看到花朵正在开放

突然醒来。夜色正深
喊出自己的名字时
你看到花朵正在开放
她摇曳的火焰点亮你的黎明

彻夜无眠。白昼变得漫长
你知道最痛的不是伤口
一步之遥或者千山万水
一张素笺却无法落笔

我看到比花朵更美的花朵
她切开夜的黑色
从果实成为种子
让每一个季节盛开风雨的情节

抚摸花的叹息。那一刻
你和时间融为一体
结束总是从开始就开始
就像你握紧河流的方向

寒冷是彻骨铭心的奇迹

立冬。一个季节的开始
黑夜开始漫长
阳光成为奢侈的享受
许多人开始回忆夏天的雨或者一次远行

我知道一百年前的冬天和现在一样
寒冷是彻骨铭心的奇迹
踏雪而来。这是奔腾在诗句中的姿态
无数人就是在冬天的风中流泪

雪花。用轻柔的力量封杀天空
洁白的大地。洁白的河流。洁白的山川
还有梅花。绽放在雪花中的爱情
冬天的诱惑让人彻夜无眠

就在遍地的雪中望着梅花
她们从天而降淹没我的寂寞
我的梦从此越过四季
变成最后一片雪花落在梅花的蕊上

你喊出的快乐照亮窗口

许多时候大雪没有雪
大雪是一次回忆或者继续
就像一本书中的一页必不可失
一生读一次就会记住冬天的炉火

你的季节里
有多少温暖和寒冷需要珍惜
一朵花还是一片雪
你是否不会忘记她们飘飞的日子

那一刻。花绽开
你喊出的快乐照亮窗口
那一刻。雪飘飞
你知道大雪还是在大雪如期而至

最后一片雪落下
冬天用寒冷解读温暖
大地酩酊大醉
醉成一千年甚至更长久的瞬间

梦是不需要告诉别人的自白

风穿过城市的空隙
距离变成一片树叶
你守着窗口眺望远方时
有人正翻开一本日记

雨和雪同样坚硬
她们的柔软可以让季节改变
快乐就在从天而降时融化
你在一瞬间热泪盈眶

有谁看到你的梦境
花的盛开叶的叹息
或者只是你自己望着自己的容颜
梦是不需要告诉别人的自白

留下那段空白。牢记或者淡忘
一片雪和一场雪一定有区别
就像一个人是自由一群人是孤独
没有雪的冬天你收藏阳光

只有心才能决定方向

花朵绽开的一瞬间
阳光就驻进花蕊
纵容自己放肆自己
只为一生一次的无声凋落

根为什么总是向下
穿透潮湿的泥土走到最深处
难道黑暗里藏着秘密
所有的快乐都在其中发酵

有什么是需要回头寻找的
丢失的自己还是丢失的岁月
只有心才能决定方向
可以改变一切的也许只是一滴眼泪

很久以前或者很久以后吗
你一直在寻找自己
就像一朵花等待开放
这场等待让你忘记了痛楚

你知道潮水会如期来临

四月。花朵用开放占领春天
风吹起云的衣衫
你仰望天空飞过的鸟
渴望一次不遗余力的飞翔

腾空而起。河流一寸一寸穿越大地
蝴蝶似乎从来没有想过天空的高度
桃花一夜间漫山遍野时
你看到春风正在吹过你的面庞

从天而降。阳光和雨来自一个方向
草从你的脚下长到黄昏
看着指尖的山峰远去
你知道潮水会如期来临

谁说夜色如水
你守着黑夜的灯光聆听自己的呼吸
掌握着最后的时刻
你等待再一次被唤醒

有人会在花中唱歌

你看到那些花又在开放
她们美丽却不动声色
坐在四月的珠帘后
花与你隔水相望

水中开放。她们让水摇动芳香
有人会在花中唱歌
数千年歌谣数千年开放
岸上的人从清晨走到午夜

醉人的不只是酒
风或者雨或者一声叹息
或者只是无法相遇的相遇
隔水望花足以醉意淋漓

醉在花里醉在水里
一片千古浸在水里的月光
照亮风花雪月的——寂寞
空留下你对酒当歌

我最后抵达的祝福

不需要花园　穿过四季
花。住进我身体的某个地方
点燃冬天最后的风声　快乐
从天而降，月光不断涌现

我抚摸它。像打开一本书
从序言到尾声，叙述开放的瞬间
那一刻　花朵会照亮我的双手
或者我的眼睛。或者我的心灵吗

花瓣绽开的时候　风颤动
我知道花的深处。一只蝴蝶
在它的茎上寻找河流
饥渴的嘴唇流放在时间的光里

燃烧吗　肝肠寸断的盛开
还有什么比花更加锋利。撕开
巫言一样的低语。抱紧
我最后抵达的祝福

最近的还是距离

眼睛是天空和大地的距离
不论你有多远。心
可以穿越天空和大地
比眼睛更加锐利

等待花朵盛开。神秘
是潮水过后的呼吸
手指。皮肤。颤栗
燃烧一瞬间统治了世界

伤痛和快乐是一样的烈酒
酿造千百年来的一醉方休
其实　花朵一直没有绽放
她守着自己的美丽等待明天

今天和明天是月亮和太阳的区别吗
花的盛开和凋谢就是果实吗
也许此生无法越过天空
我知道。最近的还是距离

你要把自己的心当成种子

雨和花同时到来。春天
在你梳妆的镜子里注视你梳妆
好像你一直等待这个季节
你要把自己的心当成种子

雨和雪一样。从天而降
她们通过的距离遥远而漫长
如同花开时的叹息
撕开大地尘封已久的眼睛

守着一世的寂寞
只为果实的繁华和沉重。你终于知道
你的心为什么总在有雨的日子里发芽
生长出比阳光还灿烂的枝叶

可以默默无语。花需要语言吗
你挽起最后一缕发丝时　雨
开在枝头上比花还要醒目
守住你的城堡吧。一生就可以

果实是花朵最后的姿态

果实是花朵最后的姿态
比花更久远。承载花的生命
要么高高在上。要么深入泥土
它们总是用平凡宣告一生的平凡

你说花有花的秘密。季节不再孤独
你总在午后把花画在纸上
夜的深处花开在你身体的深处
更远处有人听到蝴蝶的翅膀

一瓣花瓣是开始　一片片花瓣是另一种开始
天空绽放和大地绽放。空气和泥土
就像你叹息或歌唱
有时候指尖上的一滴血真的更像一朵花

守着你的春天吧。与夜缠绵
仰望星星时，风刮过你的窗口
没有最后的时刻。潮水比时间久远
花的深处是你饥渴的眼神

在我彻夜不眠的季节里

从此。我牢记黑夜
你说黑夜的时候花才是主角
怦然心动……那该是多大的魅力
足以撕碎遗忘的衣裳

谁说柔弱不是力量。花瓣
一次次裹紧我的快乐
如同时间的河流。虚幻但真实
最后的时刻你的眼泪总将花打湿

夜的深处门已关闭
我怀揣一把钥匙锁住你吟唱的歌喉
风平浪静。你的呼吸
淹没所有花开的情节

谁说春暖花开？谁说好花不常开
在我彻夜不眠的季节里
你一次的开放就把我点燃
只为守候你每一次的开放

守着绝望

流水穿过你的身体。黑夜
倾听时间与呼吸的对话
你握住最后的自己时
阳光打开了尘封的早晨

多远就是距离　伸手触摸
或者一生一世
也许只是花开的瞬间
疼痛与快乐变成出来和进去的大门

策马而来赤足而去
你在最后时刻听见燃烧的皮肤
彻底。永久。比阳光灼烈
你只是守着绝望没有呐喊

你会流成一条河流吗
把时间分成白天和黑夜
白天的梦和黑夜的花
等待那双捧起果汁的手

这一刻你会在意吗

你要歌唱吗。歌唱你最后的生命
你的头发。眼睛。耳朵。鼻子
你的身体就是一把琴
你知道琴声如水漫过你的嘴巴

谁的舌尖上沾满果汁
那一瞬间照亮你的阳光不会消逝
点燃血管中的呐喊
你在琴声渐弱时看到自己

这一刻你会在意吗
那些散落在你身后的日子失去光泽
谁是你的王你是谁的王
谁在你的身体里写下契约

你一定想长成大树的
自由地向上生长向下生长
用枝叶抱紧阳光用根茎缠住泥土
等待果实再一次溢满果汁

打开窗棂

瞬间。阳光盛开神祇降临
你打开窗棂　鸟鸣抵达你的血脉
奔突。如鼓震动你的四肢
骨骼如酥在酒的汁液中

长久或者短暂。如同早晨和黄昏
你一寸寸抚摸自己
直到变成水。淹没呼吸
阳光退去时你已进入梦乡

向上。再向上，你看到山峰
风驰云涌。有密布的林
像你的梦一次次变幻场景
不需要观众不需要谢幕

穿过山岗吧。你起伏的峰峦
顺流而下　纤草丛生
坐在旷野的风里
你的目光让遥远变成渴望

你的灵魂比阳光温暖

你来了，春天就来
山坡。河岸。还有家门前开满花
她们只是为了看着你
看着你就知道春天才是开始

一年一度。这是一种方式吧
从地上到天上。从天上到地下
花是一种姿态　你是一种岁月
花开谢了你还继续开

那些落在地上的那些飞在天空的
变成阳光一样纤细的尘埃
你的灵魂比阳光温暖
瞬间让大地充满等待

一万年算久吗　一天算短吗
其实一万年就是从一天开始
这一天。谁记住了
谁就会拥有一万年

让阳光拥抱你

逃离快乐。逃离最后一秒的时间
恐惧快乐煮沸你的呼吸
坚锐。灼热。刺痛。然后
你在大汗淋漓的快乐中流下眼泪

长发及腰。那是一生的等待
或者只是你在镜子里的自言自语
秋天的花开过以后
你是否把自己的泪水当成种子

遍地的脚印。你忘记归途
让阳光拥抱你吧　　赤身裸体
你自己就是花。骤然绽放
隐现于万物之间岁月之间

那一刻。一定有人灵魂出窍
从天空俯瞰你迷醉的舞蹈
可以让一切都归于尘埃
只留下你攥紧呐喊的双手

你从此不再害怕自己

一生就是一次。一次生一次死
还有一次是你在生死之间
花开花落。花落花开
这也是生与死

许多时候流泪并不是痛苦
眼泪就像果汁
从身体的深处流出
在阳光中变成蒸腾的快乐

找回自己如此简单
肉体和灵魂的一次放纵。就像花开
一瞬间光芒四射
你从此不再害怕自己

尽管奔跑吧　白天和黑夜没有区别
鸟的歌唱和你的歌唱也没有区别
何必在意那些戴着面具的人
洞开的门就是你一次次的梦

给灵魂戴上镣铐

距离不是距离。距离是面对面无法相遇
就像一朵花和另一朵花的期待
想象一下叶芽从坚硬的枝干绽出
你的心一定比叶芽还要柔弱

收藏一整个秋天　果实
是你继续流浪的种子
她们在泥土深处等待春天的抚摸
现在她们准备迎接雪从天而落

你是可以行走的。比花朵幸福
花朵只能变成果实
在另一个季节重新开放
重新盼望有人归来吮吸果汁

一次和无数次究竟如何区别
给灵魂戴上镣铐吧
你不会想变成躯壳
春夏秋冬。你应该快乐着每一个季节

远方就在脚下

不需要一万年
最遥远的不是日子
每次回头你都看不见自己的影子
一路的繁华总要落尽

倾听自己的脚步吧
快乐。悲伤或者平静
就在一呼一吸之间
你会喊出全部的欲望

星星和月亮总是高高在上
春天要隔过一个季节
你把自己深藏在身体的缝隙里
那一定有着刻骨的疼痛

谁是你的风景呀。让他停下
听你唱歌或者只是面对而坐
远方就在脚下
走过一生才能到达

你把果汁作为最后的礼物

树叶落了。无悲无喜
最踏实的其实都在低处
雨水。雪花。阳光。尘土
还有你转身时的影子

你知道秋天最后一场雨就要来临
尘归尘土归土
弯下腰捧起昨晚的歌声
明天就渐行渐近

让遥远成为遥远吧
流浪本就是心的游走
没有人在意蝴蝶何时归去
你把果汁作为最后的礼物

那是你珍藏许久的秘密
一滴就足以醉生梦死
就用左手握着右手吧
冬天来的时候需要握住寒冷

隐藏的力量

最容易忽略的时间　分分秒秒
前世或今生　一定还有来生
早晨接着夜晚或者夜晚接着早晨
风也好雨也好今天是无法拒绝的脚步

看到自己的时候你要看到光
太阳月亮之外的光
草木之光土石之光流水花朵之光
你的发梢肌肤散发出的光

隐藏的力量。从未消失
你变成羽毛升腾的时候　世界
开始唱歌。节奏如风
你的身体在风中越来越舒展

只有前行才能到达黎明
没有痛苦或者快乐怎么能有呐喊
不要担心黑夜的黑暗啊
彻悟就是在花开花落的瞬间

向下或者向上

从天而降
阳光。雨水。雪花
甚至黑夜和白天
向下是所有根的特征

就像你从出生开始的生长
只有重新回到土地
变成尘土落到最低或者更低
没有理由

时间是一把呆板的刀
只切割时间之外的事物
就像我们看着花朵凋零
我们忽略掉自己

许多时候我们会把
本质排除在外
向上或者向下
从花朵变成土

我隔河望着你回头

你一直向前还是正在回头
你用眼睛隐藏了河流
宁静幽远足以淹没这个季节
那一刻。我就变成河水

你知道河水和泪水的区别吗
眼泪并不只是痛苦
你一定莫名其妙地大笑过
因为你说你是个有趣的人

一条河流一定会与另一条河流相遇吗
需要百年还是千年还是一瞬间
你穿过时光　时光照亮你
那一刻。你就是一滴水

河岸上永远不会寂寞
只有我寂寞地守着这个季节
河流远去
我隔河望着你回头

你知道花朵的诱惑

那一刻。你拥有了一生的疼痛
不再回头。不问对错
直到河水漫过你的脚面胸脯眼睛
直到疼痛再次弥漫

你身上只留下一道伤口
不再愈合。宛若花瓣
你知道花朵的诱惑
你知道诱惑难以抵挡

岁月算得了什么
只有河流能切开大地
用他的柔软和坚韧奔跑
直到穿透你的黑夜

还有多少时间可以挥霍
水的深处除了死亡还有鱼群
鱼的快乐一定就是水吧
最后的时刻你闭上眼睛喊出快乐

一切归于沉寂

夜晚。光不需要温度
鸟还在空中行走
河流不歇。花朵盛开
大地在沉重的呼吸中做梦

我也想做梦。梦见山川草木
梦见夜里的黑暗和飞翔的鸟
或者什么也没有
时间远去早晨无法醒来

行走在我身体里的河流如网
它们渴望寻找出路。然后
一切归于沉寂
只有光抚摸大地的皮肤

还有多少事物从天而降
还有多少事物拔地而起
还是听着呼吸等待吧
你总是在最后时刻才让自己忘记

呼吸如同羽毛

你躺在阳光中感受另一种阳光
流水穿过你的身体
一寸寸融化在你的血液里
你的眼睛一瞬间湿润

只有阳光可以穿越距离
就像风吹过你的皮肤
彼岸。那是一生一世的路程
为什么一定是河水

柔软。坚定有力
重复着重复写下的情节
单调。永不停息
可以打败时间和苍老

你会如何打开门迎接自己
或者抱紧最后的光线
呼吸如同羽毛
你用向上的姿态完成飞翔

灵魂升到高处

你幽深还是你在幽深的深处
隐藏起来的寂寞和力量
没有白天和黑夜
只有一朵花的姿态

每一次都是一次无声的仪式
灵魂升到高处
俯瞰着自己打开自己
等待从天而降的雨滴

有谁见过比大地平静的沉默
万物的欲望和思想
孕育快乐的白天和黑夜
周而复始归于呼吸

那些有待验证的情节一目了然
你伸出手时已经有了归宿
花的萎谢就是一生的高潮
她把一切都关闭在幽深的深处

最远的距离是擦肩而过

子夜与睡眠无关　你说
花朵在黑夜与在白天一样美丽
柔嫩。开放。发光
黑夜正在花朵开放时的路上

一夜无言
没有人能阻挡白天与黑夜的轮回
如同你儿时的期盼
早已变成种子
注定撕开你渴望的伤口

最远的距离是擦肩而过
只要开放就是无法回头的单行线
一生总要让自己放纵一次
疼痛的快乐比快乐的快乐持久

你一定会紧紧拥抱
让深陷的力量坚不可摧
当你喊出梦中的情节时
你知道你真的成了故事的主角

背影留给来路

你坐在河岸上。背影留给来路
风掠过你的发梢前行
它们和河流总是一个方向
沿途有村庄田野和四季

你脚下流过的河水不再回头
它们带走你的歌唱和忧伤
想象如何在河流中行走
这一定是伟大的命题

只有河岸知道每滴水的归宿
除了源头没有人看到水的脚步
像你的心跳记下此生的相遇
远方和远方在流动中成为远方

你坐在河岸上。目光注视着自己
河水居然会成为镜子映出你的长发
河水深可及腰
你的长发是另一条河流

再一次遍布身体

那么，飞翔吧即使不在空中
盛宴的红酒。闪光的窗口
坐在对面孤独地低语
你清楚时间就是从黑夜到黎明

快乐总是需要序曲
你从唤醒自己的皮肤唤醒记忆
已经让你绝望的记忆
此时再一次遍布身体

听到远处的歌声了吗
穿过草丛越过山川坚定不移
那是没有歌词的旋律
就像你合上书页时的叹息

一生一定有许多无关轻重的情节
洗脸刷牙甚至穿衣都可以忽略
把每一天的时间都用尽吧
即使一生只有一次肆意的飞翔

雪与季节无关

大雪不是雪
你踏雪而来　以后的每一天
我都被雪的光刺痛
渴望变成一片雪落在你的发梢

只有天空需要翅膀吗
我在地上仰望雪在天空行走
雪与季节无关
它一瞬间融化在我体内

等待雪　夜晚或者早晨或现在
雪是天空的惊喜
以轻柔的飞翔穿越距离
让我拥有水的另一种美丽

许多日子轻易就过去了
像一本书从这一页翻到另一页
合上最后的书页时我懂得了
雪是你向上升腾时的快乐

阳光已经铺满山坡

你把岁月酿成酒。从此
走近你的人沾满醉意
那些看见你的人看到你的笑容了吗
或者还有你笑容后面的忧伤

你一定是让秋天驻在心上的
注视多少次果实熟透。巨大的风
醉倒山峰让河水再次溢满
你成为守着谶言的巫仙。头戴花冠

如何会有这样的称呼：小妹
好小的世界呀。一步就是尽头
一步就可以举起酒杯
你就坐在那里等着最后的一滴酒

风轻云淡。你的目光越过山梁
阳光已经铺满山坡
所有的人酩酊而醉。你一饮而尽
"酒怎么会醉人？"你笑了

谁创造了虚空

你用虚空等待。永远
无法盛满的虚空淹没了你
抱紧最后的一缕阳光
快乐再次让你回到虚空

揭谛揭谛波罗揭谛
你一次次问什么是极乐天地
谁创造了虚空
你就是虚空的虚空

就像河水填满了河道
还有呼吸。呐喊
同样来自虚空
那些挺拔的山峰和深邃的沟谷

万物在虚空中生长
花朵无法阻止招蜂引蝶
一切归于沉寂。万懒俱静
你看到了流泪的自己